― 書き下ろし長編官能小説 ―

人妻はじめて体験

八神淳一

竹書房ラブロマン文庫

目次

この作品は、竹書房ラブロマン文庫のために
書き下ろされたものです。

第一章　巨乳人妻のパイズリ練習

1

「はい、ブルマン」

とカウンター越しに珠美《たまみ》がコーヒーを純也《じゅんや》の前に置く。芳醇《ほうじゅん》な薫りが、純也の鼻をくすぐってくる。

純也はコーヒーカップを手にすると、口へと運ぶ。旨《うま》い。この瞬間がたまらない。

店主の珠美が純也を見ている。こんなに純也をじっと見てくれる女性は、この世に珠美しかない。

高橋《たかはし》純也は大学三年生だ。彼女はいない。今だけでなく、ずっといないので、当然童貞だ。

大学入学を機に地方から上京し、ぼろアパートで一人住まいをはじめていた。大学とバイトの日々で、サークルにも入らず、なかなか異性の友達が出来なかった。

そんな中、アパートの近くでこの喫茶店を見つけ、ふらっと入ったのがはじまりだった。

はじめて店に入り、カウンターの奥にいる女店主を見た時、はっとなったのだ。

前島陽菜《まえじまひな》先生――？

中学の時の担任で、純也の初恋の女性に似ていたのだ。

それからほぼ毎日、陽菜先生に会いに、いや、店主の珠美に会いに、この店に通うようになっていた。

珠美は未亡人だった。もともとは夫とふたりで店をやっていたらしいが、去年夫を亡くして、形見のような店を一人で続けているという。

しばらく通ううちに、純也は珠美とも打ち解《と》けてきて、今ではお互いに自分の話をするくらいにはなっている。

いまだに童貞丸出しで未亡人店主の顔に見惚《みと》れてしまうが、珠美はそれに気づいているのかいないのか、時おり目があっても、悪戯《いたずら》っぽく微笑むだけだった。

この喫茶店は住宅街の中にあった。看板も小さく、ひっそりとやっていた。そのひっそり感も、ひっそりとした人生を送っている純也にあっていた。

からんっ、とカウベルが鳴った。

出入り口に目を向けると、ベージュのコート姿の女性が一人で入ってきた。この店は一人の客が多い。しかもこの午後三時台は女性が（恐らく人妻だろう）多かった。夕ご飯の支度前のひと時に、コーヒーを飲んでリラックスする人妻たちだと勝手に思っていた。

ベージュのコートの女性はちらっとこちらを見た。店内は空《す》いていて、中年の男性が一人テーブル席にいるだけだ。

女性が空いているテーブルの前でベージュのコートを脱いだ。

純也ははっとなった。女性はニットのセーターにスカート姿だったのだが、セーターはノースリーブだったのだ。コートの季節に見る二の腕の白さに、どきんとする。

しかも、ニットのセーターの胸元は挑発的なくらい盛り上がっていた。

完全にタイプの服装だった。

女性が席についた。メニューを見ることなく、モカください、とこちらを見て、そう言った。

女性と目が合い、見過ぎだ、とあわてて正面に向き直ったが、その後も後ろのノースリーブニットの女性が気になって仕方がない。ちらりと見てしまう。

白い二の腕は細すぎもせず、太くもなく、ちょうどいい太さだ。まあ、二の腕に自信があるからこんな季節にノースリーブを着ているのだろうが。

それになんといっても、胸元だ。ニットセーターはどんな女性が着ても胸元が目立つが、この女性のバストラインは自己主張しすぎだ。

「巨乳好きなのかしら」

と珠美が話し掛けてきた。

「えっ、い、いや……」

「だって、ずっと見ているわよ」

「すいません……つい……」

「やっぱり、好きなのね」

客の女性をちらちら見ているというのに、珠美は怒ったりはしなかった。むしろ、うれしそうな顔をしている。どういうことだろう。

珠美がコーヒーカップを載せたお盆を手に、フロアに出てくる。白のブラウスに黒のスカートだ。その上に紺のエプロンを付けている。これが、珠美のいつものスタイルだ。

スカートはタイト気味で、むちっと盛り上がった未亡人の熟《う》れた双臀《そうでん》ラインが窺《うかが》える。

どうぞ、とテーブルにコーヒーカップを置く。その時、珠美が女性の顔に美貌《びぼう》を寄せて、耳元でなにか囁いた。

すると女性が純也を見た。まずいっ。おっぱいをじろじろ見ていたことをばらされたのか。

女性はじっと純也を見つめ、うなずいた。そして、純也に軽く頭を下げたのだ。

どういうことだ。おっぱいを見られて、感謝しているのか。まさか……。

珠美はカウンターの奥に戻ってきて、純也の前に立つと、

「挟まれたいかしら」

と小声で聞いてきた。

「えっ、挟まれるって……なにを、ですか」

釣られてひそひそ声で聞き返す。本当はち×ぽが真っ先に浮かんだが、そう口にするわけにはいかない。

「決まっているでしょう」

と言って、あの巨乳女性の方を見る。

純也はごくりと生唾《なまつば》を飲んだ。

「挟まれたこと、あるかしら」

とさらに聞いてくる。

「いや、ありません……」

そもそも、純也は女性とデートしたことさえないのだ。おっぱいに挟まれる状況になりようがない。

「あら、童貞なのね」

といきなり、そう言われる。

「え……」

「パイズリ童貞ってことよ」

と珠美が妖艶に微笑して言う。

「パ、パイズリ……童貞……」

確かに、それは間違いない。しかし、さっきから一体なんの話をしているのか。

「恵里菜《えりな》さん……ご主人のためにパイズリしてあげたいと思っているそうなの」

「恵里菜さん？」

「ごめんなさい。あの女性のことよ」

とノースリーブニットの女性を見やる。やはり人妻だったようだ。

「いいですね。ご主人がうらやましいです」

「そうね……ただ、結婚して五年で、やっぱりマンネリというか、エッチが疎遠になっているそうなの」

「そうですか」

あんな美人で色っぽい女性でも、奥さんにすると飽《あ》きてくるのだろうか。そもそも、一度もエッチしたことがない純也には、女体に飽きるなんて想像もつかない。

「ある時、ご主人がパソコンでアダルト動画を見ているところに遭遇したらしいのね。後からパソコンを見たら、ハードディスクにパイズリものがたくさん保存してあったんですって」

「そうですか……」

なぜに、店の客のエッチな情報を、純也にぺらぺらしゃべっているのだろうか。

「確かにご主人、パイズリ好きらしくて、新婚の時に恵里菜さんも、一度頼まれたそうなんだけどね。うまくいかなくて、それっきりになっているらしいの。だから、うまくパイズリをしてあげて、また新婚の頃のように頻繁にエッチしたい、というのが彼女の希望なのよ」

「なるほど……」

「それでね」

と言うと、珠美が美貌を寄せてきた。めちゃめちゃ顔が近い。キス出来そうだ。しないけど……。

「純也くん、その練習台にならない？」

「えっ、練習台って、僕がですかっ」

そう、と珠美がうなずき、純也はびっくりして恵里菜の方を見る。恵里菜とまた目が合った。ほんのりと頰《ほお》を染めて、人妻は俯《うつむ》いた。

ふたりしてからかっている感じはない。これはマジな話なのだ。

パイズリ。あのおっぱいで、パイズリっ。

ニットのセーターはぴたっと恵里菜の上半身に貼り付いていて、豊満なふくらみを見せている。

「ただし、条件があるの」

なんですか、とニットバストを見つめたまま、純也は聞く。

「パイズリだけ。純也くんからは、決して触らないこと。それを守れるかしら」

「守れますっ」

と純也は恵里菜のバストを見つめたまま、そう言い切った。

「よかった。純也くんなら大丈夫《だいじょうぶ》だと思って、恵里菜さんに紹介したの」

「大丈夫ですっ、珠美さんの顔に泥を塗《ぬ》るようなことはしませんっ」

こちらから手を出さないことには自信があった。そもそも純也は、そんな勇気など持っていない。

2

話はトントン拍子に進み、翌日の昼過ぎ、純也は指定されたシティホテルのエレベーターにいた。１２０６号室で、恵里菜が待っているらしい。

万が一のことを考えて、別々に部屋に入ることにしていた。

純也はアパートを出る時から、勃《た》ちっぱなしだった。パイズリをするだけ、それ以外のことはしない。そうわかっていても興奮しまくっていた。童貞の純也にとっては、あんな美人の人妻のおっぱいに勃起したペニスを挟まれるだけで、幸せすぎた。

十二階についた。静まり返った廊下を歩いているだけで、勃起したペニスの先端がブリーフにこすれて、はやくも我慢汁を出していた。

1206号室のチャイムを鳴らす。

すぐにドアが開いた。恵里菜が立っていた。昨日と同じ、ニットのノースリーブセーターだった。昨日と違うのは、スカート丈《たけ》がかなりミニになっていることだった。しかも、生足だ。

人妻らしいむちっとあぶらの乗った太腿《ふともも》が、付け根近くまであらわとなっていて、ドキンとなった。

「こんにちは」

挨拶する声が震えていた。

「こ、こんにちは……」

恵里菜は純也の顔を見るなり、頬をほんのりと赤らめた。色が抜けるように白いため、ちょっとした火照《ほて》りがすぐにわかった。

どうぞ、と恵里菜が背を向ける。ここぞとばかりに、ミニスカートに包まれたヒップラインを見る。ミニスカはタイトなもので、むちっと盛り上がった双臀が強調されている。

それが、一歩生足を運ぶたびに、ぷりぷりっとうねった。

たまらなかった。純也はさらに我慢汁を出していた。

部屋はやや広めの、ダブルの部屋だ。カーテンは閉めてあり、淫靡《いんび》な雰囲気がはやくも漂《ただよ》っている。

恵里菜はダブルベッドに腰掛け、純也に正面の椅子を勧めた。

椅子に座ると、もろにミニスカから露出《ろしゅつ》している太腿を目にすることになった。

恵里菜は露出させている生足をぴたっと揃《そろ》え、斜めに流している。太腿といい、二の腕といい、高く張った胸元といい、極上の眺めだった。

「真中《まなか》恵里菜といいます。結婚して五年目で、三十歳になります……」

そこまで話すと、恵里菜は黙ってしまう。

「高橋純也といいます。大学の三年で、二十一歳です……」

純也もここまで話すと、もう話すことがなくなってしまう。これは見合いでもないし、ただただパイズリするだけの関係なのだ。

「彼女はいるのかしら」

「いません」

「あらそうなの。どれくらい、いないの？」

「ずっといません」

と正直に話す。ここは見栄《みえ》を張っても仕方がないし、なにより、九つ年上の人妻というのが、話しやすかった。

「あら……そうなのね」

「童貞、まずいですか」

「ううん。その方がいいかもしれないわ……」

そう言うと、恵里菜は視線をそらす。お互い、なにも話すことはない。が、それではパイズリしますか、といったドライな雰囲気にもならない。

恵里菜はここにきて迷っているのかもしれない。夫のためとはいえ、会ったばかりの大学生に乳房を見せて、パイズリするなんて普通じゃない、と気づいたのだろうか。

純也も迷っていた。ここは男の方から動いた方がいいんじゃないか。いや、そもそも動くって、どうすればいいのだ。それに、相手に手を出してはいけない、という約束になっている。

それを破る気はない。恵里菜と引き合わせた珠美の顔を潰すことになる。それだけは避けたい。

純也はじっと待っていた。視線はニットセーターの胸元と、ミニスカからあらわになった太腿を行ったり来たりしている。

視覚的にも刺激が強かったが、こうして密室で向かい合っていると、甘い体臭がかすかに薫ってきて、それがたまらなくなっていた。

香水とかではなく、人妻の熟れた肌からじわっとにじみ出してくる芳香だった。

「あ、あの……」

ずっと俯いていた恵里菜が顔をあげた。

「はい……」

「手を出してこないんですね……」

「そういう約束ですから」

「そうですね……そういう約束でしたね……ああ、なんか、エッチの時、私の方から積極的に動くのってなくて……だから、なんか……」

「あ、すいません……」

そうは言っても、自分からキスしていいわけでもないだろう。それとも、脱がせて欲しいのか。わからない。

「あの……」

「はい」

「後ろを向いていてくださいませんか」

「はい」

どうやら、自分で脱ぐ気になったようだ。

純也は言われるまま、人妻に背を向けた。背後に全神経を集中させる。セーターを脱ぐ気配を感じる。あのぴたっと上半身に貼り付いているセーターを、上体をくねらせて脱いでいるのだろう。

しかも、純也の真後ろでだ。ああ、見たい。脱ぐところを見たい。でもだめだ。ここで振り返って、恵里菜の機嫌を損ねたら、パイズリは無しになる。ここまできて、パイズリ無しだけは避けたい。

「どうぞ。こちらを向いてください」

と恵里菜が言った。はい、と正面に向き直ったとたん、

「おうっ」

と思わず、声を出してしまう。

恵里菜はセーターだけではなく、ブラも取っていた。そして、あらわにさせた乳房を両腕で抱いていたのだ。

手ブラである。

「ああ……恥ずかしいです……」

自分から脱ぎはしたものの、恵里菜は恥ずかしげに顔を赤くし、火の息を吐いている。鎖骨まで羞恥色《しゅうちいろ》に染めていた。

手ブラで恥じらう人妻に、純也は身を乗りだす。

乳房は予想以上に豊満で、やわらかそうなふくらみが細い二の腕からはみ出している。二の腕では、乳首とその周辺を隠しているにすぎない。

「ああ、そんなに……見ないでください……ああ、すごく恥ずかしいです」

「そ、そうですか……そうですね」

うんうん、うなずきつつも、純也は手ブラの胸から目を離さない。というか、離せなかった。

グラビアでも手ブラを見ることはある。が、当たり前だが、グラビアと生ではまったく違う。手が届くところに、生の乳房があるのだ。手をずらせば、乳首があらわとなるのだ。

恵里菜は火の息を吐いて、俯いてしまう。

どうしたらいいのか。隣に行って、肩を抱くべきか。いや、手を出してはだめなのだ。

「あ、あの……」

「はい……」

「ぺ、ペニスを……おねがいします」

「そ、そうですねっ、すいません」

相手はおっぱいを出したのだ。こちらが挟むものを出さないと、はじまらない。

純也はあたふたと立ち上がると、ジーンズのベルトに手を掛けて緩《ゆる》める。そしてあらわれたブリーフは、当然のようにテントを張っていた。

「あっ……」

と恵里菜が声をあげる。

まずい。どうしてグレーのブリーフにしたのだろう。先端が当たっているところが、我慢汁で変色していた。恥ずかしい。我慢汁を出しているのが、もろにわかる。

が、どうせこれも脱ぐのだ。どっちにしても、我慢汁を出しているのが、恵里菜にわかってしまう。

純也はジーンズを脱いだ。セーターとブリーフだけとなる。スカートだけになった人妻はエロティックだが、セーターとブリーフだけでいる男は、なんとも格好がつかなくて情けない。

ブリーフを脱がねば、と思うが、いざ脱ぐとなると恥ずかしい。

ベッドに座っている手ブラの恵里菜は、ちらちらとこちらを見ている。

確かに見られるのは恥ずかしい。それは男も同じだった。いや、純也が童貞だからか。もちろん、これまで大人の女性の前でペニスを披露《ひろう》したことはない。

「あの……おねがいします」

なかなか脱がない純也にじれて、恵里菜がそう言った。

「は、はい……すいません……今、脱ぎます」

ブリーフを下げようとすると、一気にペニスが縮みはじめた。

あっ、まずい。手ブラの興奮より、大人の女性の前にち×ぽを出すという緊張感の方が勝《まさ》りはじめていた。

ブリーフを下げる途中で止める。かなり縮んでいた。そうなると、余計に出したくなくなる。

「どうしたのかしら」

「い、いや……その……」

土壇場にきて、純也は泣きたくなる。

すると、恵里菜が乳房を抱いていた両腕をずらしはじめた。

たわわに実った乳房の全貌が、恵里菜の乳首があらわとなる。

「あっ」

乳首を目にした途端《とたん》、純也のペニスは一気に大きくなった。先端が脱ぎかけのブリーフからはみ出した。

恵里菜の乳首は淡《あわ》いピンク色だった。とても清楚な感じがする。乳房全体は豊満な紡錘型《ぼうすいけい》で、揉《も》み応え満点な感じだ。

純也は一気にブリーフを下げた。

解放された喜びをあらわすかのように、勃起を取りもどしたペニスが、跳ねた。

「あっ、すごい……」

と恵里菜が目を見張る。ちょっと前まで縮みきっていたのがうそのように、見事な反《そ》り返《かえ》りを見せている。

「ああ、我慢のお汁がたくさん出ているわね……」

「すいません……」

「ううん。ごめんなさいね。なんだか、じらしているみたいで……」

「いいえ……」

「じゃあ、あの、はじめましょうか」

と恵里菜が言い、スカート一枚のまま、ダブルベッドに上がった。

「上がってください」

と恵里菜に言われ、純也もペニスを揺らしながら、ダブルベッドに上がった。

お互い正座したまま、向かい合う。

「あ、ぼくが立ちましょうか」

「そうね。それがやりやすいかしら」

純也が立ち上がると、セミヌードの人妻が膝立ちになってにじり寄ってきた。豊満なバストがペニスに迫ってくる。ああ、あれで挟まれるんだっ。

「じゃあ、あの……挟みますね……」

そう言うと、恵里菜がたわわなふくらみで、反り返ったペニスを挟んできた。

「あっ……」

やわらかなふくらみに抱擁《ほうよう》されるのを感じ、純也は声をあげる。

恵里菜は左右からペニスを包むと、ふくらみを上下に動かしはじめた。

が、動かし方はぎこちなく、ひたすら肉竿《にくざお》部分をこすっているだけで、パイズリされる最初の興奮が鎮《しず》まるにつれて、またも、緊張感の方が増してきた。

すると、びんびんだったものが、力をなくしていく。

それに気づいた恵里菜が強めにこすってくる。が、気持ちよくはならない。

純也のペニスは縮みきり、豊満な乳房の谷間に埋もれてしまった。

3

「すいません……」

「ごめんなさい……」

ふたりの謝る言葉が重なる。

「なんか緊張が強くなってしまって……」

「ううん。私が悪いの。パイズリ下手だから……ごめんなさいね」

そう言って、恵里菜はすっかり萎《な》えてしまったペニスを乳房で強く挟み、上下に動かす。が、いったん縮んでしまうと、余計に焦《あせ》りを生んで、勃起しない。

恵里菜がなにかを決意したような表情を浮かべた。そして立ち上がると、美貌を近づけてくる。

えっ、なにっ。もしかして、キスっ。キスしてくれるのっ。

恵里菜が瞳を閉ざし、ちゅっと唇を純也の口に押しつけてきた。

それだけで、純也のからだに電流が流れた。生まれてはじめてのキス。はじめての女性の唇の感触。

恵里菜はくなくなと舌を押しつけてくる。純也は堅く口を閉じていることに気づき、唇を開いた。すると、ぬらりと恵里菜の舌が入ってきた。

ベロチューだっ。純也はあわてて、舌をからませる。唾液《だえき》が甘い。ねっとりとからみつく舌の感触がたまらない。

生まれてはじめての粘膜接触に、純也は一気に勃起させていた。

「うんっ、うっんっ」

舌をからませたあとは、恵里菜がより積極的になっていた。純也の舌を、童貞ボーイの舌を貪《むさぼ》ってくる。

「ああ、ごめんなさい……つい……。好きでもない女性と……深いキスは困るわよね？」

「まさかっ。最高ですっ、恵里菜さんっ」

「そう言ってくれると、うれしいわ」

恵里菜がまた、唇を重ねてきた。すぐさま舌を入れてくる。

「うっんっ、うんっ、うっんっ」

ぴちゃぴちゃと舌の音を立てて、お互いの舌を貪りあう。ベロチューは想像以上に気持ちよかった。股間にびんびん来ていた。

彼女がいる男たちは、いつもこんな気持ちいいことをしているのか、と怒りすら湧いてくる快感だ。

恵里菜が唇を引いた。純也はもっと口吸いを続けたかったが、ペニスはびんびんになっていて、恵里菜の目的は果たせていた。

「ああ、すごい。こんなになって……なんか、うれしいな」

と恵里菜がはにかむような顔でそう言う。

「私とキスして、こんなにさせてくれたんだよね」

「そうです」

純也はしっかりうなずく。

「うれしいな。主人はキスしたくらいでは、こんなにならなくて」

「そ、そうなんですか……」

信じられなかった。こんな美人の奥さんと舌をからませても、びんびんにならないなんて。だから、パイズリで旦那を喜ばせようと思っているのか。なんて健気な奥さんなんだろう。

「うらやましいです、ご主人が」

「そうかな。もう一度やるね」

そう言うと、恵里菜がその場に膝をつき、あらためて、左右から強く挟んでくる。

「あ、あの……」

「なにかしら」

「ローションみたいなものがあったほうがいいかもしれません」

「ローションね。でも、主人とのエッチの時、いきなりローション出すのって、変な気がして……」

「確かに、そうかもしれませんね……」

ＡＶだとローションを出すが、あれはしょせん作りごとだからだ。リアルの夫婦のエッチで、奥さんがいきなりローションを出すのは変かもしれない。

「あっ……」

と恵里菜が声をあげた。

「どうしたんですか」

「見てて」

そう言うと、恵里菜がバストから出ている鎌首《かまくび》に向けて、美貌を下げる。

フェラするのか、と期待したが、フェラではなかった。唾液がどろりと鎌首に垂《た》れてくる。

「あっ……」

先端に人妻の唾液を感じただけで、純也は声をあげる。

恵里菜はさらに唾液を垂らしてくる。先端に大量の唾液が垂らされた。恵里菜はそれを手のひらに塗《まぶ》すと、サオにこすりつけてくる。

「あ、ああ……」

ペニスに唾液を塗す動きに、純也は感じる。思わず、腰をくなくなさせる。

恵里菜があらためて、豊満な乳房でペニスを挟み、上下に動かしはじめる。今度は唾液がからんでいるぶん、スムーズに乳房が動く。ぬらぬらとした刺激を覚え、純也はうめく。

「あ、ああ、どうかしら」

「気持ちいいです」

気持ちいいのは良かったが、はやくも純也は出しそうになっていた。童貞に、美人妻のパイズリは刺激が強すぎる。

恵里菜はパイズリしつつ、さらに唾液を垂らしてくる。いい感じの潤滑油《じゅんかつゆ》となる。ち×ぽがとろけそうになっていた。そもそも、自分の手以外の刺激を生まれてはじめて受けたのだ。

「ああっ、出そうですっ」

「えっ、うそっ、もうっ!?」

「あっ、出ますっ、出るっ」

と声をあげた瞬間、びゅびゅっとザーメンが噴射した。

ちょうど恵里菜があらたな唾液を垂らそうとしている時だったため、顔面に精液がもろに直撃した。

「ああっ、ああ……っ」

やばい、と思ったが、一度発射してしまうと、もう止められない。

次々と精液が噴出する。しかも、恵里菜は避けなかった。顔で受け続ける。

「うっ、んんっ……」

恵里菜の目蓋や小鼻、唇やあごがどろどろになっていく。

ようやく、脈動が収まった。

「ああ、すいませんっ」

恵里菜が美貌を上げた。閉じた目蓋《まぶた》や小鼻から、どろりとザーメンが流れていく。

かなりの量だ。二十一年間、童貞でいた男の溜めた精汁を、あろうことか人妻の顔に浴びせてしまった。

恵里菜はそれを手で拭《ぬぐ》ったりせずに、白濁を顔に受けた姿を純也に晒《さら》し続けている。

純也は思わず、ザーメン塗《まみ》れの恵里菜に見惚《みと》れていた。

大量の精液に汚された恵里菜は綺麗《きれい》だった。エロかった。

「ティッシュをおねがい……」

恵里菜がそうつぶやき、純也は我に返る。

「すいませんっ、今すぐっ」

純也はまわりを見回し、あわててダブルベッドのサイドテーブルに置かれたティッシュの箱を手にした。ティッシュを抜き、目蓋に掛かったザーメンを拭っていく。

恵里菜はされるがままだ。目蓋を拭うと、小鼻の精液を拭う。その間に、あごからザーメンが垂れていく。

それが、たわわな乳房に掛かっていく。

「すいませんっ、ごめんなさいっ」

と謝りつつ、唇に掛かった白濁液を拭っていく。

「ううん。うれしいの……」

と恵里菜が言う。

「えっ、うれしい……」

「だって、私の拙《つたな》いパイズリで出してくれたんですもの」

そう言うと、恵里菜が目蓋を上げた。

恵里菜の目を見て、純也はどきんとなった。さっきまでの半分怯えたような目とはまったく違っていた。パイズリしたからなのか、顔にザーメンを受けたからなのか、とにかく、恵里菜の瞳は妖しく潤んでいた。

その目を見て、萎えかけていたペニスがぴくっと反応した。

純也はあごに掛かった精汁も拭った。とりあえず、綺麗になった。

「あの、顔を洗ったほうが……」

「どうして？」

と恵里菜が問う。

「いや、どうしてって……あの、汚いでしょう」

「純也くんのザーメンって、汚いのかしら」

「い、いや、そんなことはないですけど……」

精液が顔に掛かった時、恵里菜はすぐに顔を洗いにいくと思ったのだ。が、ティッシュで拭《ふ》いた後も、洗いにいこうとしなかった。むしろ、そのままにしたいといった雰囲気だった。

「それより、続きをしましょう」

「続き、ですか……」

「だって、まったく練習になってないでしょう」

「そうですね……すいません」

ちょっとパイズリされただけで、出してしまったのだ。確かに、まったく練習になっていない。すぐに出したのは、別に恵里菜のパイズリが上手いからではなく、純也が童貞だからなだけだ。旦那さんがこれくらいで射精することはないだろう。

純也のペニスは、すでに半勃《はんだ》ち状態だった。出した直後だというのに、早くも回復しつつある。普通なら、まだ縮んでいるところだ。

「大きくしないとね」

「すいません……」

恵里菜のおっぱいを見ながらしごけば、大きくなるかもしれない。

「あの……その……自分でしご……」

しごきます、と言いかけたところに、恵里菜が純也の股間に美貌を埋め、先端を咥《くわ》えてきた。

「あっ、恵里菜さんっ」

いきなりのフェラ。鎌首が人妻の口の粘膜に包まれ、それだけで純也は下半身を震わせる。

恵里菜はそのまま胴体まで咥え、根元まで呑み込んだ。そして、じゅるっと唾液を塗しながら吸い上げてくる。

「あああっ」

フェラだっ。フェラだっ。

恵里菜が美貌を上下させはじめる。恵里菜の口の中で、純也のペニスが力を帯びてくる。

生まれてはじめてのフェラ。それは想像以上に気持ちよかった。吸われる感覚がたまらない。純也の股間にあらたな劣情の血が一気に集まってくる。

「うんっ、うっんっ、うんっ」

恵里菜は悩ましい吐息を洩らしつつ、強く吸ってくる。

「あっ、ああ、恵里菜さんっ」

「ああ、どんどん大きくなってきたわ」

ねっとりと唾液の糸を引きつつ、唇を引き上げ、自分の唾液に塗り変わったペニスを妖しい目で見つめる。

「気持ちいいかしら」

「はいっ」

純也は力強くうなずく。

「あら、また我慢のお汁が」

と言って、鈴口から出ていた汁を、恵里菜がぺろりと舐《な》めてくれる。すると、ぐぐっとひとまわり太くなる。

「またパイズリ出来そうね」

そう言うと、恵里菜が今度は最初に乳房の谷間に唾液を垂らしていった。深い谷間が唾液でぬらぬらになっていく。

それを眺めているだけでも、興奮してくる。それに挟まれるのを待たされる時間に、昂《たか》ぶった。

恵里菜が仁王立ちの純也の股間に、再び上半身を寄せてきた。そして反り返ったペニスを挟んでくる。

「ああ……」

やわらかなふくらみにペニスが抱きしめられ、純也はうめく。

恵里菜がしっかりと挟み、そして乳房を上下に動かしはじめる。

「あ、あんっ……はあっ、あんっ」

乳房越しに、牡《おす》の息吹《いぶき》を感じるのか、恵里菜がパイズリしつつ、甘い喘《あえ》ぎを洩らしはじめる。乳首はつんととがっている。

「なにか、もっとこうしたらって、意見を教えて、純也くん」

「さきっぽをもっと包む感じが……」

そう言うと、恵里菜が先端を乳房で強く挟み、こすってくる。

「ああっ、それっ」

たわわなふくらみでも先端までは包みきれていなかったが、そこを狙い撃ちにされると、たまらない刺激を覚える。

4

「横になってもらえるかな」

と恵里菜が言う。興奮して身体が汗ばんできた純也はセーターを脱ぎ、Tシャツを脱ぎ、裸になると、シーツの上に仰向《あおむ》けになった。

それを見て、恵里菜もベッドの脇で、タイトミニを脱ぎはじめる。エッチするわけではないとわかっていても、人妻がスカートを脱ぐと、純也は変に期待してしまう。パンティがあらわれた。黒のパンティだ。絖白《ぬめじろ》い肌に映えている。

パンティも脱ぐかと期待したが、それは脱がなかった。

たわわな乳房を揺らし、パンティ一枚になった人妻があらためてダブルベッドに上がってくる。

「ありがとう、純也くん」

と恵里菜がいきなり礼を言う。

「えっ……」

「そちらから、手を出してこないっていう約束をずっと守ってくれていて……だから、スカート脱ぐ気になったの……」

「約束ですから」

「おっぱいでおち×ぽこすられて、すごく興奮していると思うの。でも、ずっと我慢して、約束を守ってくれたのがうれしい」

恵里菜は感激してくれているが、単に手を出す勇気がなかっただけだ。純也には、こちらから仕掛けてエッチまでもっていくなんて、至難の業《わざ》のように思える。もちろん、珠美の顔を潰したくないということも大きかった。

「パイズリするね」

膝を立てて、開いて、と言われて、純也は両膝を立てると、開いていった。間に、パンティだけになった恵里菜が身体を入れてくる。やっぱり、パンティだけだとドキドキ感が、スカートを穿《は》いている時とは違う。

パンティなんて、ごくごく薄い布切れなのだ。ちょっとずらせば、入り口があらわれる。こちらはすでにペニスを出しているのだ。

オオカミになりきって女に襲い掛かれば、即、結合出来るだろう。純也が絶対オオカミにならないと踏んでパンティ一枚になったのか、それともこれはエッチしてもいい、というサインなのか。わからない。

恵里菜があらためて乳房に唾液を垂らしていく。そして、ぬらぬらの乳房でペニスを挟んでくる。上下に動かす。動かし方も慣れてきていた。そしてなにより、寝た状態でのパイズリの方が気持ちよかった。

「さっきとどうかしら」

「ああ、こっちの体勢の方がいいです」

「そう。私もこっちの方がパイズリしやすいかな」

かなり上手になっている。やっぱり、パイズリも練習が必要なのだろう。

「あ、ああ……気持ちいいです」

思わず、下半身をくなくなさせてしまう。

「スペシャルをやるから」

頬を染めつつ、人妻がそう言う。

スペシャルってなに、と思っていると、恵里菜はパイズリしつつ、先っぽを咥えてきた。

「あっ、それっ」

鎌首をじゅるっと吸いつつ、肉胴をたわわなふくらみで包み、刺激を送ってくる。

「ああっ、ああ、あんっ」

ち×ぽがとろけそうで、純也は女の子のような声をあげてしまう。

恵里菜は鎌首だけを強く吸いつけ、それより下は乳房で刺激してくる。

二種類の刺激を同時に感じ、純也はまた出しそうになるが、今度はすぐに出してはだめだ、と肛門に力を入れる。

恵里菜が息継《いきつ》ぎをするように、唇を引き上げた。

「はあっ……どうかしら？」

「スペシャル、最高です」

「主人、喜んでくれると思う？」

「きっと涙を流して喜ぶはずです」

恵里菜は笑顔を見せ、再び、先端を咥えてくる。そして、左右からペニスを挟み、乳房を上下させる。

「うんっ、うっんっ」

今度は、乳房の上下に合わせて、ペニスを咥えている美貌も上下させる。

「ああ、それいいっ、ああ、それいいですっ」

ダブルの刺激が強力になり、純也は下半身をくねらせる。気持ちよくて、とてもじっとしていられない。

「ああ、出ますっ、また、出ますっ」

恵里菜はペニスを咥えたまま、純也を見つめてくる。その目は、このまま出してと言っていた。ということは、口内発射かっ。

すでに一発目で顔射を成し遂げていたが、口の中に出す快感に期待する。なにせ、これまでの人生で、ザーメンを女体の中に出したことはないのだ。口とはいえ、女体の中に違いない。

口に出せると思うと、一気に、股間が燃え上がった。

「あっ、出ますっ」

おうっ、と雄叫《おたけ》びをあげて、純也は二発目のザーメンを、人妻の喉《のど》に向かってぶちまけた。

「う、うぐ……うう……」

恵里菜の身体がぴくっと動く。美貌を強張《こわば》らせつつも、純也の脈動を喉で受け止めてくれる。

「おう、おうっ」

二発目なのがうそのように、純也は射精を続ける。やはり、二十一年間知らなかった女体に触れた悦びは、一発出したくらいではおさまらないのだ。

ようやく、脈動が収まった。それでも恵里菜はすぐに顔を引くことなく、ザーメンを含《ふく》んだまま、じゅるっと吸ってきた。

「あっ……」

純也は女のような声をあげる。

恵里菜が唇を引いた。半開きの唇からどろりと白濁液が垂れ、あわてて手のひらで受ける。そして、唇を閉じた。

そんな恵里菜を、純也は惚《ほう》けたような顔でじっと見ていた。ティッシュの用意など忘れていた。

恵里菜がこちらを見た。そして、ごくんと喉を動かした。

呑んだっ、と思った時、ティッシュを忘れていることに気がついた。

恵里菜はもう一度喉を動かした。大量過ぎて、一度では嚥下《えんげ》しきれなかったのだろう。

「あああ、恵里菜さん……」

恵里菜が唇を開いて見せた。大量のザーメンを注《そそ》ぎ込んだはずの口の粘膜は、綺麗なピンク色をしていた。

「美味《おい》しかったわ……」

そう言うと、急に恥じらいを覚えたのか、恵里菜は頰を赤らめた。大胆に精液を呑みつつ、急に恥じらう姿に昂ぶる。

乳房に挟まれたままのペニスが、ぴくっと動く。それに気づいたのか、恵里菜は下を見ると、

「綺麗にしないとね」

と言って、再びペニスを咥えてきた。鎌首をじゅるっと吸ってくる。

「あんっ、恵里菜さん……あんっ」

これがくすぐった気持ちいいというやつだっ。

初体験の快感に、純也は感激する。

純也の反応がいいからか、恵里菜は強めに吸ってくる。

「ああ、気持ちいいですっ」

ようやく、恵里菜が唇を引いた。そして、純也の横に添い寝すると、

「ありがとう」

と言って、キスしてきた。そのまま、もちろんベロチューとなった。

純也はしばらくまたキス出来ないかもしれない、と思い、味わいながら舌をからめ続けた。

5

翌日、珠美の喫茶店を訪ねたが、店に入る前は緊張した。

恵里菜のパイズリ練習は上手くいったが、どこか、浮気したような気分になったのだ。もちろん、珠美に対する思いは、純也の一方的なものだったが、毎日のように顔

を合わせている女性以外の人と情熱的にキスしまくったことが、なにか後ろめたかった。

ドアを開いた。

「いらっしゃいませ」

といつもの珠美の声が迎えてくる。

店にはテーブルにふたり連れがふた組いた。純也はカウンターのいつもの席に座った。今日は珠美の顔をまともに見られない。

「恵里菜さん、感謝していたわ」

と珠美が話し掛けてきた。

「そうですか」

もう結果報告は済んでいるようだ。

「いい人を紹介してくれたって、すごく喜んでいたわ。ありがとうね」

と珠美にも礼を言われる。

「いや、僕こそ、お礼を言わないと……一発も……いや、二度も出すことが出来て」

「純也くん、童貞なんですってね」

と珠美に言われ、えっ、と顔を上げる。

「パイズリ童貞だけじゃなくて、真《しん》の童貞なんですってね」

真の童貞、という言い方がおかしかったが、確かに真の童貞だった。

「でも、もう真の童貞ではなくなったわね」

と珠美が言う。

「えっ……」

「だって、ベロチューして、パイズリしてもらって、顔とお口に出したんでしょう」

どうやら、すべて報告済みらしい。

「はい、最初、興奮しすぎて、恵里菜さんの顔に出してしまいました」

「はじめてが顔射なんて、すごいわね」

と珠美が目を輝かせて、そう言う。

「それに、約束を守ってくれたそうね。うれしかったわ」

「我慢しました……」

「偉いわね」

「でも本当は、手を出す勇気が無かっただけです」

「それでも偉いわ。素敵よ、純也くん」

憧れの珠美に、素敵、と言われて、純也は舞い上がった。

珠美のリクエストを聞いて、恵里菜のパイズリの練習相手となって、意外にも、珠美との距離が縮まった気がした。

「ご注文は？」

と珠美が聞いてくる。

「ナポリタンをください」

「あら、こんな中途半端《はんぱ》な時間に食べていいのかしら」

「なんか、すごくお腹が空いて」

「わかったわ。特製ナポリタン作ってあげる」

珠美に見つめられ、どきんとしただけでなく、勃起させていた。

第二章　はじめて浮気に挑む人妻

1

数日後――バイト帰りに珠美の喫茶店に顔を出すと、奥の席の女性が目に入った。

恵里菜のような、ニットのノースリーブセーターを着ている。

しかも恵里菜同様、美人だった。ボブカットが似合っている理知的美人だ。

いつものカウンターに座ると、さっそく珠美が、

「タイプでしょう？」

と聞いてきた。

もしや、また何か淫らな頼みなのだろうか。純也はカウンターから、奥の女性をあらためて見る。胸元が高く張った巨乳だ。今度もパイズリ練習のリクエストだろうか。

「タイプです」

　と純也はうなずいた。

「舞花《まいか》さんっていって、人妻なの」

「そうですか」

「ご主人、浮気三昧《ざんまい》らしいの」

「え、そうなんですか……」

　恵里菜の時も思ったが、あんな美人と結婚しても、飽きるものなのだろうか。

「ずっと我慢していたらしいんだけど、我慢の限界になったそうよ」

「別れるんですか」

「ううん。別れたくはないらしいの。そこは、夫婦の間は複雑よね」

「そんなものですか」

「だから、別れないためにも、自分も浮気したいらしいの」

「別れないために、浮気、ですか……」

「そう。ただ、相手となると、そう簡単には見つからないわよね」

「そうですね……」

「マッチングアプリとかはあるけど、どんな相手かは、結局会ってみないとわからないし、悪い男に引っ掛かる恐れもあるわ」

「はい……」

話が見えてきた気がする。その途端、純也は勃起させていた。

あの人妻と。ボブカットが似合う美人とやれるっ。

「浮気はするけど、引きずりたくはないそうなの。舞花さん、ご主人を愛しているから」

「愛しているのに、浮気はしたいんですね」

「そうね。それで、私が相談されたのよ。誰かいい人いないかしらって」

「……」

「それでね」

とここで珠美が美貌を寄せてきた。キス出来そうな距離だ。ドキドキする。

「純也くんがいいかなって思って」

と珠美が言った。

「いいかなっていうのは、その……あの人妻の浮気相手としてですよね」

「そうね。純也くんなら、舞花さんも引きずらなさそう」

「それって、僕に魅力がないってことですよね」

「そんなことはないわ」

「でも結局は、そういうことですよ……」

あの美人妻とエッチ出来るのはうれしかったが、あなたが相手なら一回きりで済ませられそう、と紹介されるのはちょっと嫌だった。

「あら、いきなり贅沢《ぜいたく》になっているわね、純也くん」

珠美がつんつん、と純也の不満げな頰を突いてきた。

確かに贅沢だ。彼女もいない童貞野郎の分際《ぶんざい》で、エッチしたいという美人妻があらわれているのに、小さなプライドで断ろうとしている。

「いやなら、いいのよ。でも、ずっと童貞よ」

と珠美が笑顔で残酷なことを言う。

「それはいやですっ」

と思わず、純也はかぶりを振る。

「あら、さっきまでの威勢の良さはどこにいったのかしら。泣きそうな顔になっているわよ」

珠美がさらにつんつんを頰を突いてくる。

「ずっと童貞はいやですっ」

エッチこそしなかったが、恵里菜とベロチューをして、パイズリをして、フェラまでしてもらい、リアルな女体の良さを知ってしまった。

あの興奮と感動を二度と味わえないなんて、絶対いやだ。

「しますっ、させてくださいっ」

思わず大声をあげてしまい、一瞬、フロアが静かになった。

「馬鹿ねっ。大声あげすぎよ」

「すいません……」

「とりあえず、ご注文は？」

「えっ……」

「コーヒー飲みに来たんでしょう」

「は、はい……そうですね……あの、ブルマンを」

はい、とうなずき、珠美が用意をはじめる。

純也はボブカット美人妻の方をちらりと見る。目が合った。舞花が小さく頭を下げた。さっきの大声が聞こえていたようだ。

あのうなずきは、おねがいします、ということか。

やれるっ。ついに、童貞卒業だっ。急に落ち着かなくなる。

「あの……」

とドリップポットにお湯を注いでいる珠美に話しかける。

「なにかしら」

「いつ、そのするんですか」

「もちろん、なるべくはやくをご希望よ」

「はやくですか」

舞花を見ると、立ち上がった。こちらにやって来る。

えっ。来るぞっ。ああ、おっぱいの揺れがたまらないっ。ニットのセーターの胸元が挑発するように揺れている。

「こんにちは」

と挨拶しつつ、純也の隣の椅子に座ってきた。ブルマンの薫りに、人妻の甘い体臭が混ざりはじめる。

そばで見ると、剝《む》きだしの二の腕の肌のしっとり感に股間が疼《うず》く。

「こ、こんにちは……」

「あら、もう緊張しているのかしら。そんなことじゃ、童貞卒業出来ないわよ」

と珠美がからかうようにそう言う。

「純也さんって、童貞なんですってね」

「は、はい……」

「私、一度、童貞の男性としたかったの。リードしながら、筆下ろしというのを体験してみたかったの」

「そ、そうですか……僕も、リードされた方がいいです」

純也は舞花の美貌と大人の女性の雰囲気に、圧倒《あっとう》されていた。

「ひとつだけ、確かめたいことがあるの」

「な、なんでしょうか……」

「お、おち×ぽ、大きくなったおち×ぽを……見てみたいの……」

大胆なことを言いつつも、舞花は頬を赤らめている。

「ち×ぽを見たい……」

「そう。私の中に入ってくるものだから、そこはこだわりたいの」

「なるほど……」

と相づちを打つものの、なにがなるほどかはわからない。

「すぐに見たいんだけど」

「ブルマン、どうぞ」

と淹《い》れ立てのコーヒーが、純也の前に置かれる。芳醇な薫りが漂《ただよ》っていたが、それを味わう余裕もなかった。

「それ、飲んだら、バックヤードで見せるといいわ」

と珠美が言う。

「えっ……」

「どうかしら」

と舞花も聞いてくる。

「は、はい……もちろん……見てもらって構いません」

落ち着こう、と純也はコーヒーカップに口をつける。

隣に座っている人妻はとにかく美人だった。肌も続白く、胸元はパンパンに張っている。

こんないい女で初体験なんて、しかも、こちらが童貞とわかっていて、リードしてくれるなんて、願ったり叶《かな》ったりだ。

ち×ぽを見たいという。舞花の前で勃起するだろうか。恵里菜の時のことを思い出す。あの時は緊張が勝って、なかなか大きくならなかった。

が、大きくならなかったから、恵里菜はベロチューをしてくれたんだ。

舞花の唇を見る。やや厚ぼったい美味しそうな唇だ。万が一勃たなくても、恵里菜の時のようにベロチューで大きくさせてくれるだろう。きっとそうだ。安心するんだ、純也。

2

バックヤードには、コーヒー豆が入った袋が置かれてあり、コーヒーの薫りに包まれていた。

「じゃあ、おねがいします」

と舞花に言われ、では、と純也はジーンズのベルトに手を掛ける。すでに緊張でうまく外せない。まずい。そしていったんまずいと思うと、余計緊張してしまう。

理想はブリーフを下げた瞬間、びんびんのペニスが弾《はじ》けるようにあらわれることだ。が、どうも、そうはならない気がする。ペニスを見せるのは、いわばテストである。

舞花が純也のペニスが気に入らなければ、童貞卒業は無しとなるのだ。

が、勃起してなくても、きっとディープキスはある。最悪でも熱いキスをもらえるんだ、という期待とともに、ジーンズを下げる。やはり、勃起はしていない。

舞花はじっと純也の股間を見ている。こんなに注目されると、緊張感が増す。

ジーンズを足首から抜いた。

「ブリーフをはやく」

と舞花が言う。

「あの、緊張して……勃起してません」

「そうみたいね」

わかっているようだ。そこは人妻だ。男の生態も理解しているのだろう。

「いいから、脱いで」

「がっかりさせたくないから」

「じゃあ、私も脱ぐわ。純也くんだけがおち×ぽ見せるのは、フェアじゃないわよね。純也くんの童貞おち×ぽにも、入れたくない穴があるかもしれないし」

そんな穴はない。この世のすべての穴に入れたい。

舞花はパンツスタイルだった。パンツのベルトを外し、一気に引き下げた。

ニットセーターの裾は短めで、いきなりパンティが貼り付く股間があらわになった下着の色は、真っ赤だった。とても小さなパンティで、割れ目だけをきわどく隠している感じだ。

舞花のパンティを目にしただけで、股間に一気に劣情の血が集まってきた。緊張が解けていく。現金なものだ。

舞花は中腰になり、パンツを下げていく。あらわれた太腿には人妻らしく、あぶらが乗っている。

パンツを脱ぐと、深紅のパンティにも手を掛けてきた。

「脱ぐんですかっ」

「いっしょに脱ぎましょう」

と舞花が言う。

わかりました、と純也もブリーフに手を掛ける。いち、に、のさんで下げていった。

舞花の恥部があらわれた。恥毛は薄く、おんなの縦溝がもろ出しとなっていた。

生まれてはじめて目にする大人の女性の秘部に、純也は興奮した。

あそこに入れるんだ、と思うと、一気に肉棒は反り返っていく。

「ああ、すごいっ。私のここに入れると思って、大きくさせたのかしら」

そう聞きつつ、舞花が自分の割れ目をなぞる。

「はい、そうです」

縮みきった状態と比べれば、大きくなってはいたが、まだ充分ではない。

「もっと大きくさせてあげる」

ハスキーにそう言うと、舞花は自分の指で、割れ目をくつろげていった。

純也の前に、人妻の花びらがあらわれた。

「おうっ」

純也は思わず叫んでいた。恐らく、珠美に聞こえているだろう。

「あ、あの、近くで、見ていいですか」

と童貞丸出しのお願いをしてしまう。

「いいわ。そばに来て……」

舞花の声がさらにかすれている。純也の興奮ぶりに影響されているようだ。

純也はペニスを揺らし、下半身丸出しで割れ目を開いている人妻のそばに寄っていく。

そして足元でしゃがんだ。舞花の媚肉《びにく》が迫る。幾重《いくえ》にも連なった肉の襞《ひだ》が蠢《うごめ》いている。それは、しっとりと濡れていた。牝《めす》の匂いが直撃してくる。

純也はどろりと我慢汁を出していた。もう、完璧に勃起させている。

「ああ、そんなに見ないで……ああ、恥ずかしすぎるわ」

見ないで、と言いつつも、舞花は割れ目を開いたままでいる。むしろさらに開いていく。すると、おんなの穴の奥まで見える。

ここに入るんだ、と思うと、頭まで熱くなる。

「立ってみて」

と舞花が言う。

「勃起したおち×ぽ、見せて」

もっと人妻のおま×こを見ていたかったが、純也は言われるまま、立ち上がった。

ぶるるんっとペニスが揺れる。

「まあ、すごいっ」

舞花が感嘆の声をあげる。

「改めて見られると、恥ずかしいです……」

「触っていいかしら」

と舞花が聞く。

「もちろんです、触ってください」

じゃあ、と舞花が左手をペニスに伸ばしてくる。右手では、まだ割れ目を開いたままでいた。ペニスに意識が向いて、割れ目を開いたままなのを忘れているようだ。

舞花が胴体を摑《つか》んできた。

「ああ、硬い。童貞おち×ぽは硬いわ」

火のため息を洩らすように、舞花がそう言う。

純也は下半身をくねらせていた。美人妻に握られているだけでもたまらない。

「感じるのかしら」

強く握りつつ、舞花が聞く。

「は、はい……」

「やっぱり、童貞なのね」

左手で肉竿を握りつつ、割れ目から伸ばした右手で裏筋をそろりと撫であげてきた。

「あっ……」

純也は素《す》っ頓狂《とんきょう》な声をあげる。敏感な反応に煽《あお》られたのか、舞花は裏筋を集中的になぞってくる。

すると、はやくも鈴口《すずぐち》から我慢汁が出てきた。

「あら、お汁」

右手でなおも裏筋をなぞりつつ、左手を鎌首に持ってくると、手のひらで包んだ。

我慢汁を潤滑油代わりに、撫でてくる。

「ああっ、それっ……」

「先っぽ、感じるかしら」

いつの間にか、舞花の瞳が妖しく潤んでいる。

旦那が浮気しているということで、舞花はかなり放って置かれているのだろう。浮気しつつも奥さんともやりまくる強者もいるだろうが、舞花の旦那はそうでもないようだ。だからこそ、純也の出番となっているのだが。

舞花はなおも、先っぽと裏筋を責めてくる。あらたな刺激に、我慢汁がさらに滲み出し、それをまた塗《まぶ》される。

「あ、ああ……ああ……」

純也は腰をくなくなさせてしまう。ああ、しゃぶってくれないだろうか。しゃぶってください、と純也は人妻に目で訴える。

すると、舞花が美貌を寄せてきた。先っぽと裏筋を責めつつ、唇を重ねてくる。あっ、と開いた口の中に、ぬらりと舌を入れてくる。

「ううっ……」

純也のからだに電流が流れる。先っぽと裏筋の刺激に、ベロチューが加わり、たまらなくなる。

「うんっ、うっんっ」

舞花の方から、純也の舌を貪ってくる。舞花の唾液は濃厚だった。濃密な甘さだ。

純也はそのまま出しそうになる。が、これだけで出すのは、童貞といえどさすがにまずい、と懸命に耐えた。

恵里菜と舞花とディープキスしてわかったが、舌をからませる行為は想像以上に刺激的なのだ。

「う、ううう っ」

出そうですっ、と訴える。それに気づいたのか、それとも異変を感じたのか、舞花が唇を引くと同時にペニスからも手を離した。

ぎりぎり暴発せずに済んだ。大量の我慢汁を流しつつ、ペニスがぴくぴく動いている。

「童貞おち×ぽって、我慢のお汁がすごいのね」

「はい。二十一年間、我慢の連続でしたから」

そう言うと舞花は、うふふと笑った。

「純也さんって、面白い人ね。モテそうなのにね」

「えっ、ぜんぜん、モテませんよ」

「あら、じゃあ、年上から好かれるタイプなのかしら」

そうなのだろうか。これまで同級生を狙ってきたから、だめだったのか。確かに年上女性と知り合ったのは、珠美がはじめてのことだ。その紹介で恵里菜と舞花と知り合ったのだ。これまで年上の女性とは縁《えん》が無かった。

「合格よ。連絡《れんらく》するから」

舞花はパンティとパンツを引き上げながらそう言うと、じゃあ、と我慢汁だらけの純也を残して出て行った。

3

合格と言われたので、すぐに連絡が来るかと思ったが、そうではなかった。

舞花は旦那の浮気と同じ時間に自分も浮気したいらしく、旦那が浮気しそうだと見通しがついたら、連絡を入れてもらうことになっている。お互いのスマホの番号は、珠美を通じて交換した。

旦那は残業だと言って浮気することが多いから、夜は空けておいて欲しい、と言われたので、純也はその通りにしていたが、思った以上にじりじりとした日々を過ごさねばならなかった。

舞花で童貞卒業が決まっているのに、決行日がわからないのはなかなか疲れる。

舞花の花びらを思い出し、オナニーしそうになるが、今日連絡が来るかも、と思うと、ティッシュに出すのは惜しくなる。やっぱり、濃厚なザーメンを舞花の中に出したいのだ。

旦那は浮気しまくりだと思っていたが、そうでもないようで、じりじりとした待つ日々が一週間続いた。

そして八日目の午後七時過ぎ、舞花から電話が来た。

「純也さん、お待たせしたわね。これから、来られるかしら」

「来るって、どこにですか？」

「うちのマンション」

「えっ、舞花さんの家ですかっ」

「そう。よそに出かけたり、帰ったりする時間が惜しいわ。それに、普段は主人と寝ているベッドでしたいの……。うちの部屋番号は８０８号よ」

すぐに、スマホにマンションの地図が送られてきた。自転車で十分ほどのところだ。珠美の喫茶店の客だから、ご近所さんということか。

「わかりましたっ」

純也はそう言ってアパートをとび出すと、自転車を全力で飛ばし、僅《わず》か七分で舞花のマンションに着いた。

インターホン越しに舞花がオートロックを開けてくれて、いよいよマンションへと入っていく。大人の男への扉が開いたようで、純也は胸が熱くなった。

エレベーターに乗り込む、もうすぐやれるんだ、と思うと、びんびんに勃起する。あっという間に八階に着く。ドアの前に立ち、チャイムを鳴らした。

すぐにドアが開いた。

「いらっしゃい、純也さん」

迎えてくれた舞花はなぜか、部屋の中でコートを着ていた。が、ＡＶの見過ぎの純也は、特に訝《いぶか》しく思うこともなく、コートの下はエロいランジェリーに違いないと、鼻息を荒くさせた。

「お邪魔します」

とシューズを脱ぎ、上がる。

「こっちよ」

と舞花が先を歩く。コートの裾からのぞいているふくらはぎは、生だ。その剝きだしの肌が、コートの中身を想像させる。

真っ直ぐ行くとリビングのようだったが、舞花はすぐに右に曲がった。ドアが三つ並んでいる。一番手前のドアを開いた。

中をのぞくと、大きなベッドが見えた。それを見て、勃起がマックスになる。

「どうぞ」

とベッドの手前に立った美人妻が手招く。失礼します、と中に入る。すると、甘い匂いに包まれた。舞花の匂いだ。

「じゃあ、さっそく始めましょう」

と言うと、舞花がコートの前を開いた。いきなりたわわな乳房と、下腹の陰りがあらわれる。

「あっ、裸っ」

舞花はランジェリーすら、すでに着けていなかった。

「ああ、待っていたら、なんか服を脱ぐ時間も惜しい気がして、全部脱いじゃったの……本当は裸でお迎えしたかったんだけど……さすがに、純也さんが引くかな、と思って……」

コートの下は素っ裸で待ちつつも、舞花は頬を赤らめている。

そして、コート自体もからだの曲線に沿って、滑るように下げていった。

「ああ……舞花さん……」

まだ部屋に入って一分も経っていなかったが、浮気志願の美人妻は生まれたままの姿を純也に晒していた。

乳房はたわわに実り、乳首はすでにとがっている。先日目にした下腹の陰りは薄く、すでに割れ目が剝き出しだ。

「ああ、恥ずかしいわ……純也さんも、はやく脱いで」

はい、と純也はセーターを脱ぎ、Tシャツも脱ぐと、ジーンズのボタンを外し、下げていく。ブリーフの下はがちがちに勃起したままだ。初体験の緊張よりも、全裸の美人妻を前にした興奮の方が勝っていた。

それに純也は童貞だが、人妻を相手にするのは、今夜が二度目だ。それが少しの余裕になっていると感じた。やはり何事も経験が大きい、とおのれの勃起を見て知る。

純也は恵里菜の時とは違って、自信満々でブリーフを下げた。

すると、弾けるようにびんびんのペニスがあらわれた。

「ああ、うれしいわ。私を見て、そんなにさせているのね」

舞花が寄ってきた。そして、キスしてくる。ぬらりと舌を入れつつ、たわわな乳房を胸板にこすりつけ、いとしげにペニスを摑み、しごいてくる。

一度にあらゆる刺激を全身に受けて、純也は一気に燃え上がる。

「うんっ、うっんんっ……うんっ」

舞花はねちゃねちゃと舌をからめ、ぐりぐりと乳房をこすりつけてくる。

純也はされるがままだ。

「私も触って……」

と言い、舞花が純也の手を豊満な乳房に導く。そうだ。今回は自分から触って良かったんだ。恵里菜の時はこちらから手を出さないという約束だったから、そのことがまだ頭に残っていた。

純也は勇んで人妻の乳房を摑んだ。やわらかな感触に、ペニスがひくつく。

「あっ、おっぱい触って、おち×ぽ動いたわ」

純也はぐぐっと五本の指をやわらかなふくらみに押し込んでいく。すると、奥から押し返してくる。それをまた揉みこんでいく。また押し返される。それを揉みこむ。

たまらなかった。永遠にこの繰り返しを続けられると思った。

「ああ、おっぱい、気に入ってくれたかしら」

「はい。最高です。おっぱい、最高ですっ」

「こっちもおねがい」

と左の乳房も摑むように言われる。純也は右の乳房を揉みしだきつつ、左のふくらみにも五本の指を食い込ませていく。

「はあっ、あんっ……優しくね……」

舞花が火の喘ぎを洩らす。

こねるように揉んでいると、手のひらに痼《しこ》りを感じた。それが乳首だと気がつくと、無性に舐めたくなった。吸いたくなった。

純也は右の乳房から手を引いた。雪のように白く肌が繊細なためか、すでに純也の手形がうっすらとついている。

「すいません……跡をつけてしまって……ご主人にばれないですか」

「大丈夫よ。いつも浮気した夜は、帰ってくるなり、ばたんきゅーだから。私のおっぱいなんて見もしないから……」

ちょっと寂《さび》しそうな表情を見せる。

不謹慎だったが、美人妻の寂しそうな表情に、純也はあらたな昂ぶりを覚える。

「じゃあ、吸ってもいいですよね」

「おねがい……吸って……」

と舞花に言われ、はいっ、と右の乳房に顔を埋めていく。顔面が甘い体臭に包まれる中、乳首をぺろぺろと舐めていく。

「あっ、あんっ……」

舞花がぴくぴくっと上体を震わせる。乳首、かなり感じるようだ。

そんな敏感な反応に煽られ、さらにぺろぺろと舐めていく。

「ああ、上手よ……純也さん……」

舞花が乳房に顔を埋めたままの純也の頭を撫で撫でしてくる。

「吸ってみて」

純也は乳首を口に含むと、じゅるっと吸う。

「はあっ、あんっ……」

舞花の上半身がぴくっと動く。

「ああ、こっちも吸って」

と舞花に言われ、右の乳房から顔をあげる。硬く勃《た》った乳首が唾液でねとねとだ。

これは俺の唾液だと思うと、余計に興奮する。

純也は左の乳房へと顔を埋めると、乳首を口に含み、吸っていく。

「あんっ……右をいじって……吸いながら、いじるのよ」

「はいっ」

どうもひとつの愛撫だけに、集中してしまう。純也は言われるまま、左の乳首を吸いつつ、右の乳首を摘《つ》まむと、こりこりところがしていく。

「ああ、いいわ……」

乳房からの甘い体臭が濃くなってくる。

「おっぱいだけでいいのかしら」

「えっ……いやっ、おま×こも、おま×こも舐めたいですっ」

と思わず大声をあげてしまう。

「うれしいわ。そんなに舐めたいの」

「舐めたいですっ」

「いいわ……舐めて」

甘くかすれた声でそう言うと、舞花はベッドに上がり、掛け布団をめくった。そして、シーツの上に仰向けになる。

純也もベッドに上がった。ここでいつも旦那とエッチしているんだ、と思うと、あらたな我慢汁が出る。

舞花は太腿と太腿をすり合わせ、股間を両手で隠している。

開いてください、と頼もうとしたが、ここは純也が動いた方がいいと思った。

両膝を摑むと、ぐっと開いていく。

「ああ……開くのね……」

「はい。開きますんだ膝を立ててください」

舞花は言われるまま、両膝を立てる。純也は両足の間に身体を入れると、股間を覆《おお》っている手首を摑む。

すると、ぴくっと舞花が反応した。緊張が伝わってくる。全裸で待ち、乳首も吸わせていたが、やはり女の一番大事なところとなると、軽くは許せない思いなのか。

両手首を引こうとするが、舞花が力を入れている。不思議なもので、だめ、と抵抗されると、よけいに引き剝がしたくなる。

童貞野郎でも、そこは男だ。人妻より力は強い。舞花の手が恥部から離れていく。

下腹の薄い陰りがあらわれ、純也はすぐさまそこに顔面を埋めた。また隠されたくなかったからだ。

純也の顔が、舞花の生々しい匂いに包まれる。乳房の匂いとはまったく違う、股間を直撃する匂いだ。これは、閉じた割れ目の奥からにじみ出している匂いだと思った。

純也はぐりぐりと顔面をこすり続ける。

偶然に、鼻がクリトリスを押し潰すと、

「あんっ……それ、いい……」

舞花がぶるぶるっと下半身を震わせる。

純也はそのまま鼻先でクリトリスを刺激する。すると、おんなの匂いが濃くなった気がした。

「舐めて、直接、クリ、舐めて……」

舞花がかすれた声で、そうねだる。

はいっ、と純也は陰りから顔をあげて、クリトリスを探す。割れ目の上だ、と肉の芽を摘まむ。

「あっ……」

舞花の下半身がぴくぴくっと動く。敏感な反応に煽られ、こりこりところがしてみる。

「あうっ、うう……」

舞花がぐぐっと背中を反らす。そんなに気持ちいいのか。

純也は調子に乗って、強く摘まんでいく。

「あん、痛いわ……」

と舞花が呻《うめ》いた。

すいませんっ、とあわてて手を引く。

「舐めてみて……」

そう言われて、すぐに恥部に顔を埋める。小さな肉の芽をぞろりと舐めあげていく。

「あっ……、ああっ」

美人妻の下半身がぴくぴくと動く。

純也はぞろりぞろりと舐めていく。

「はあっ、ああ、上手よ……ああ、感じるわ、純也さん」

純也の拙《つたな》い愛撫にも感じてくれるとうれしい。もっと感じさせてやりたい、と思う。

これがエッチなんだ。ひとりで勝手に処理するオナニーとはまったく違う。相手の反応に、こちらもより興奮するのだ。

純也はクリトリスを口に含んだ。弱めに吸う。

「ああ、もっと、強く……吸って……」

「いいんですか」

「いいの。強く吸って、おねがい、純也さん」

純也は言われるまま、強く吸う。すると、

「いい、いいっ」

舞花が弓なりに背中を反らし、がくがくと腰を震わせる。

まさか、いったのか。

純也は股間から顔を上げて、美人妻を見る。

「あ、ああ……上手よ……おま×この中も、舐めて欲しいな」

火の息を吐きつつ、舞花がそう言った。

4

「なっ、中ですね……舐めますっ、舐めさせてくださいっ」

「じゃあ、割れ目を開いてみて……」

と舞花が言う。はい、と閉じた割れ目に指を添える。

「ああ、見て……ああ、舞花のおま×こ、好きに見てぇ……」

恥部を手で隠すくらい恥じらっていたが、クリを吸われてかなり感じているのか、一番恥ずかしいところを、純也に見られたがっていた。

「はい。開きます」

純也は美人妻の肉の扉をくつろげていった。

目の前に、真っ赤な花が咲いた。

「ああっ、おま×こ、これがおま×こっ」

美人妻の媚肉は、赤く燃えていた。すでに大量の愛液であふれ、むせんばかりのおんなの匂いを発散させている。

「ど、どうかしら……」

「綺麗ですっ。エロいですっ。舐めていいですかっ、ああ、舐めていいですかっ」

「いいわ……舐めて……」

ありがとうございますっ、と叫ぶと、純也は舞花の股間に顔を埋めていった。鼻がぬちゃりと粘膜に当たる。

純也はそのままぐりぐりと鼻を燃えるような粘膜にこすりつける。するとそんな子供のような動きでも感じるのか、

「あっ、ああんっ」

と舞花が甘い喘ぎをあげる。

「舐めて、ああ、舐めてっ」

じれた舞花がおねだりしてくる。

純也は鼻を粘膜から上げると、今度は舌を入れていく。ぞろりとどろどろに濡れそ

ぼった媚肉を舐めていく。

「あっ、あああっ、それ、それいいっ」

すぐに舞花が、がくがくと股間を震わせる。たぶん、しばらく旦那におま×こを舐めてもらっていないのだろう。おま×こを自分で舐めることは出来ない。相手がいないと、受けられない愛撫だ。

「もっとっ、もっと舐めてっ」

案の定、美人妻はおかわりを求めてくる。純也はリクエストに応え、ぺろぺろ、ぺろぺろと肉の襞の連なりを舐めていった。

「あ、ああ、あああっ、上手よ……ああ、上手よっ……ああ、いいわっ、純也さん、いいわっ」

舐めるそばから、あらたな愛液がにじみ出てくる。

「美味しいかしら」

「美味しいですっ、舞花さんのおま×こ、美味しいですっ」

「舐めながら、クリ、いじって欲しいな……」

と舞花が言う。そうだ。二カ所同時責めだ。つい、一カ所集中になってしまう。

純也は媚肉を舐めつつ、右手でクリトリスを摘まむ。するとそれだけで腰が動き、肉の襞がざわついた。きゅきゅっと純也の舌を締めはじめる。

これはすごいっ、とクリトリスを軽くひねっていく。

「ああっ、いいっ」

さらに舌を締め付けてくる。

「う、うう……」

純也はうなりつつも、懸命に舐め続ける。

「あ、ああ、あああああっ、いきそう……ああ、純也さんっ、舞花、いきそう……ああ、いっていい？　いっていい？」

美人妻が童貞野郎に、いっていいかと尋ねている。

「いってくださいっ」

「奥まで舌を入れてっ。クリをひねってっ」

わかりましたっ、とおんな穴の奥まで舌を入れると同時に、クリトリスをひねった。

「ひいっ……い、いく……いくいくっ」

舞花がいまわの声をあげて、がくがくと恥部を震わせた。

純也は息継《いきつ》ぎをするように顔をあげる。舞花のいった顔を見たかった。

舞花は心もち顔を反らし、美貌を上気させて、うっとりとした顔を晒している。

半開きの唇を見ていると、無性にキスしたくなった。純也は上体を舞花に寄せると、わずかに開いた唇を奪った。

舌を入れると、舞花は応えるようにからめてくる。

「うんっ、うっんんっ」

いった喜びを伝えるように、舞花が積極的に舌をからめてくる。と同時に、ペニスを摑んできた。

「ああ、舐めたい……今度は舐めたい」

舐められていった後は舐めたいということか。人妻の欲望は止めどがない。

キスしつつ、起き上がった舞花に押し倒された。すぐさま、股間に美貌を寄せてくる。

「ああ、我慢汁たくさんね。ごめんなさい、こんなに我慢させて」

そう言うなり、舞花がぺろりと我慢汁を舐めてきた。我慢汁を舐めるというのは、先端を舐めることを意味する。先端を舐められ、純也は腰をくなくなさせる。

恵里菜の時もそうだったが、とにかく、フェラは気持ちいい。でも、おま×こは、もっと気持ちいいはずだ。これ以上気持ちいいことが待っているなんて。

舞花が唇を開き、鎌首を咥えてきた。くびれで唇を締め、強く吸ってくる。

「あんっ……あんっ」

と純也は思わず女の子のような声をあげてしまう。すると、さらに強く吸ってくる。

「あんっ、あんっ……」

女の子のような声が止まらない。腰のくねりも止まらない。

恥ずかしかったが、純也の敏感な反応に舞花は煽られているようで、そのままサオまで咥えてくる。

「ああ、舞花さんっ」

一気に根元まで咥えられる。純也のち×ぽが全部、美人妻の口に入った。

そのままで、舞花が、どうかしら、と見あげてくる。咥えたまま美人に見あげられると、それだけで、暴発しそうになる。

舞花が苦そうな表情を見せた。きっと大量の先走りの汁が出たに違いない。

舞花が唇を引き上げた。

「舐めあいっこしましょう」

そう言うと、裸体を逆向きにさせて、仰向けのままの純也の身体を跨いできた。

股間をこちらの顔面に寄せてくる。恥部が迫ってくると同時に、おんなの匂いも迫ってくる。

あらためてペニスを咥えられたと思ったら、股間を顔面に押しつけられた。

「う、ううっ、うぐぐ……」

ペニスを吸われる快感のうめきと、顔面を恥部で塞《ふさ》がれるうめきが、一緒に出る。

「うんっ、うっんっ、うんっ」

舞花は最初から飛ばしてくる。まさに貪り食うように、唇を上下させている。フェラしつつ、股間をぐりぐりとこすりつけてくるのだ。

「う、うう……」

やられっ放しだとまずい、と純也は反撃に出る。クリトリスを口で探り、肉芽に唇が触れるや、強めに吸いつけた。

「あっ、あんっ」

舞花がペニスを吐き出し、火の喘ぎを吐く。

その声に煽られ、純也はさらに強く吸っていく。

「あ、ああっ、いい、もっと、もっとっ」

エッチというのは男女の共同作業だと知る。シックスナインが典型だ。お互いに相手の急所を攻めて、感じさせあうのだ。高めるのだ。

すでに強く吸っている。もっと強い刺激はないか、と考え、そうだ、甘噛《あまが》みだっ、と気づく。

純也はクリトリスの根元に歯を当てた。それだけで噛まれると気づいたのか、ずっと喘いでいた舞花が息を止めた。尻のうねりも止まる。

いきますよ、舞花さんっ、と純也はクリトリスの根元に、甘く歯を食い込ませていく。

「あ、あうっ……いい、いいっ」

すぐに、舞花が反応する。肉悦《にくえつ》の声をあげる。

純也は羽根のように軽く噛んでいた。まさに甘噛みだ。すると、

「もっと強くっ、噛んでっ」

と舞花がねだってくる。大丈夫なのだろうか。でも相手は人妻だ。すでに何度も噛まれたことがあるのだろう。

純也はリクエストに応えるべく、歯と歯に少し力を入れた。

「ひ、ひいっ」

と舞花が絶叫し、がくがくと下半身を震わせた。

まずいのかっ、いいのかっ。やっぱりまずいのか。

純也はクリトリスから歯を引いた。すると、

「もっと、噛んでっ」

と舞花が叫ぶ。まずくはなかったようだ。

純也はあらためて、クリトリスの根元に歯を当てる。それだけで、舞花の裸体の震えが止まらなくなる。

女の突起に、歯をゆっくりと食い込ませていく。すると、

「いくいくっ」

といまわの声をあげて、舞花が裸体を痙攣《けいれん》させた。

そして、がくっと突っ伏してくる。いつの間にか、舞花の裸体はあぶら汗まみれとなっていた。

乳房やお腹に浮かんだあぶら汗が、ねっとりと純也のからだにからんでくる。不思議なもので、美人妻の汗だとねちゃついていても不快ではない。むしろうれしい。もっと汗をつけてとさえ思う。

「ああ、嚙むの上手ね……ああ、純也さん、本当に童貞なのかしら」

「童貞です」

しっかりと答える。

「ああ、欲しくなったわ。そろそろ、卒業ね」

そう言うと、舞花が起き上がった。

5

舞花が裸体の向きを変えると、上気した美貌を寄せてくる。

乱れ髪がべったりと頬に貼り付いている。ますます美貌に磨《みが》きがかかっている。こんな美人を放って置いて、今頃別の女とやっている旦那って、いったいどんな男なのだろうか。

舞花がペニスを摑んできた。

「ああ、硬いわ……すごく硬い」

火の息を吐くように、そう言う。

「ああ、今頃、主人も女の中に入れているのかしら」

また、舞花が寂しそうな表情を浮かべる。

僕が、僕のち×ぽで、寂しさを少しだけ紛《まぎ》らわせてあげますよ。などと実際には言えないから、心の中で言う。

舞花が腰を跨いできた。ペニスを逆手で持ったまま、腰を落としてくる。

ち×ぽの先に、舞花の入り口が接近してくる。ああ、入るぞっ、ついに俺のち×ぽが、女体の中に入るぞっ。

期待と興奮で震えつつ、純也は舞花の股間を凝視している。

割れ目が先端に触れた。そのまま下げれば、ずっぽりと挿入されるところだったが、舞花は土壇場でためらっている。

「あなた……これでいいのかしら」

浮気なんて、当てつけ浮気なんて、いいわけがない。

純也が第三者なら、すぐにやめるべきだと進言するだろう。が、あと数センチで童貞を卒業できる立場からすれば、これでいいに決まっている。

「純也さん、どう思うかしら？」

なんとこの期《ご》に及んで、美貌の人妻は、純也に答えを求めてきた。

「えっ、いや、その、入れた方が……。その、今ごろ旦那さんのち×ぽは、他の女のおま×こに入っているんですよ」

「そうね。時間を合わせたんだもの、今よね……入れるわっ」

迷いが消えたのか、舞花が腰を落としてきた。ずぶりと先端がめりこんでいく。

熱い粘膜に鎌首が包まれた。

「あうっ……」

舞花があごを反らす。先端を咥えたところで、止めている。

ああ、もっとください。これだと先っぽエッチになって、童貞を卒業したのかどうか、曖昧になりますっ。

純也の密かな願いをよそに、舞花は先端だけ咥えたままで、腰をうねらせはじめる。

「あっ……ああ……」

火の喘ぎを洩らす。

一方、焦《じ》れるあまり純也の方は、大胆になろうとしていた。そうか。待つ姿勢ではなく、こちらから引導を渡せばいいのだ。突き上げればいいのだ。

もしかして、舞花はそれを待っているのでは。自分からはここまでだが、相手の男が突き上げてきたから、仕方なく受け入れてしまった、という形を取りたいのかもしれない。

わかりましたよ。引導を渡しますよ、舞花さん。

ずっと鎌首だけを咥え続けている舞花のおま×こに向かって、純也は腰を跳ね上げ、突き上げを見舞っていった。

ずぶずぶっ、と垂直に女の中心を貫き上げる。

「あおおおっ」

舞花が絶叫した。驚きの目を向けてくる。突き上げを期待してはいなかったのか。が、もういい。先端から付け根まで、燃えるような粘膜に包まれ、純也のからだは一気に燃え上がった。

これが女だ、これがセックスなんだっ。男になれたんだ。

純也は美人妻のくびれたウエストを摑むと、ずどんずどんと突き上げはじめた。

「あっ、あひいいっ、すごいっ、いいっ、すごいっ」

突き上げるたびに、たわわに実った乳房が上下左右に弾《はず》む。

なにより、肉の襞がからみつき、締めてくるのがたまらない。先端から付け根まで、ち×ぽのすべてが締められているのだ。

それを突き破るように、腰を上下させる。

「いいっ、いいのっ」

突き上げるたびに、舞花が愉悦《ゆえつ》の声をあげる。俺のち×ぽ一本で、美人妻を泣かせているんだ、という事実に、さらに頭に血が昇る。

それは良かったが、なにせ生まれてはじめてのおま×こ体験なのだ。腰を上下させていると、はやくも出しそうになってきた。

まずい、と上下動を緩める。すると、

「あんっ、じらさなくていいわ。突いてっ、若い勢いで突きまくってて、純也さんっ」

と舞花がさらなる激しい突きをねだってくる。

「あ、あの……」

「どうしたの。好きに突いて。あたしをめちゃくちゃにしてっ」

堪えきれなくなった美人妻が、すべて呑み込んだまま、腰をのの字にうねらせはじめる。純也のペニスがおんなの粘膜にすべて包まれたまま、斜めに回されていく。

「ああ、そんなことされたら、出ますっ」

「えっ、もう出るの……ああ、はじめてだったわよね……ああ、突きがすごくて忘れていたわ」

「ぼ、ぼくの突き、良かったですか」

「よかったわ。上手よ」

舞花はよほど褒め上手なのか、それとも、本当に純也が上手いのかわからない。

「好きに、出していいわ。そのまま出していいから、思いっきり突いて、純也さん」

「出していいんですねっ」

「いいわよ。若いから、すぐに二度目出来るでしょう」

「に、二度目……」

考えてもいなかったが、舞花の中にすぐ出してしまっても、また勃てればいいのだ。たぶん、勃つはずだ。

二度目があると思うと、安心出来た。ここは舞花のリクエスト通り、思いっきり突くのだ。

「じゃあ、いきます」

「来て……」

純也はあらためてくびれたウエストを摑むと、ずどんずどんと突いていった。

「いい、いいっ、すごいっ、すごいのっ」

乳房をたぷんたぷん揺らし、舞花がよがり泣く。

「ああ、出ますっ」

「来てっ、出してっ、たくさん出してっ」

中出しOKを貰《もら》い、純也は思い切り射精した。

「おう、おうっ」

純也は雄叫《おたけ》びを上げて、勢いよく精液を噴き上げる。それは、ティッシュではなく、女性の穴に、それも口ではなく、本命中の本命であるおま×こに注がれていく。

「おう、おう、おうっ」

純也は雄叫びを上げ続ける。射精も止まらない。二十一年間の人生で果たせなかった女体への中出し。その思いとともに、オナニーさえ我慢して溜め込んだザーメンを、すべて、舞花の中に出していた。

「あ、ああ……ああ、すごい……すごい……う、うんっ」

ずっと子宮でザーメンを浴び続け、舞花が軽くいったような表情を浮かべる。

おま×こに出すことが、こんなに気持ちいいものだったとは。

肉体的にはもちろんだが、出すべきところに出している、という精神的な快感というか、達成感がすごかった。

男はおま×こに入れて、おま×こに出して一人前だと思った。

ようやく、射精が収まった。

「たくさん出したのね」

「すいません……はじめてなもので……」

「こんなに子宮で感じ続けたのは、はじめてよ……ああ、もっと欲しいわ」

そう言うと、舞花が萎《な》えかけたペニスを、おま×こでくいくい締めはじめる。

「あっ、それっ」

あらたな快感に、純也は腰をくねらせる。

「どうかしら」

「ああ、気持ちいいです。ああ、締めてきますっ、舞花さんっ」

これは名器というものなのだろうか。それともおま×ことというのは、こうして締まるのが普通なのか、はじめてなのでわからない。

ひとつはっきりしていることは、気持ち良すぎて、ち×ぽがとろけそうだということだ。

大量に出して萎えかけていたペニスに、はやくもあらたな劣情の血が集まってくる。

「大きくしたら、次はバックね、純也さん」

腰をうねらせつつ、美人妻がそう言う。

「バ、バック、ですか」

バックと聞いただけで、舞花の中でペニスが太くなる。

「あんっ、好きなのね。バックって聞いただけで、大きくなったわ」

「好きですっ。大好きですっ」

もちろんやったことはなかったが、ＡＶではさんざん見ている。いつもは見ている側だが、今夜は純也が主人公なのだ。俺が後ろから突いて、美人妻をよがらせるのだ。

「ああ、すごい……バック効果ね」

舞花が腰を引き上げていく。

ペニスが逆向きにこすられ、ううっ、と純也はうめく。逆向きの刺激を受けているのは舞花も同じようで、あんっ、とあごを反らしつつ、おんなの穴からペニスを抜いていく。

どろりと大量の白濁を垂らしつつ、ペニスが抜けた。

6

穴から解放されたペニスがぴくんっと跳ねる。先端から付け根まで付着したザーメンの雫《しずく》が飛んだ。

「若いのね。もう、こんなになったわ」

「舞花さんの締め付けがすごいからです」

「あら、うれしいわ」

と言うと、舞花が精液まみれのペニスにしゃぶりついてきた。

「あっ、それっ」

勃起を遂げたペニスを根元まで咥えられ、純也は身悶える。おま×この締め付けも良かったが、口の締め付けもまたいい。

女の穴は下も上も素晴らしい。

「うんっ、うっんっ、うんっ」

舞花が上気させた美貌を上下させる。すると、ザーメンがみるみるうちに、舞花の唾液に塗り変わっていく。

「ああ、これでいいわ。じゃあ、次はバックね」

そう言うと、舞花が仰向けで寝たままの純也の真横で四つん這いの形を取りはじめる。

純也に向けて、むちっと熟れた双臀が差し出されてくる。

「ああ、舞花さんっ」

純也は起き上がり、美人妻の丸い美尻と向かい合う形で正座をする。

舞花がさらに差し上げてくる。純也にあぶらの乗り切った双臀が迫る。

純也は思わず手を出していた。尻たぼをそろりと撫でる。

舞花の肌は汗ばんでいた。熟れた肌がしっとりと手のひらに吸い付いてくる。

最高の撫で心地に、純也はスケベおやじのように、ねちねちと尻たぼを撫で続ける。

「はあっ、ああ……入れて……ああ、舞花のおま×こ、待っているの」

舞花に誘われ、純也は尻たぼをぐっと開く。すると深い狭間《はざま》の奥に、小さな穴が見えた。

「尻の穴」

と思わず、見たままをつぶやく。すると、小さな穴がきゅきゅっと動いた。

ここも女性の穴なんだと気づく。口、おま×こ、そして尻の穴。三つも入れる穴があるんだ。いや、尻の穴は入れる穴ではないか。

でも見ていると、入れたくなってくる。

「そこは処女よ……」

「そうですか……」

処女と言われて、声が震える。

「でも、だめよ」

「はい……だめ、ですよね……」

純也は下を見る。

「あっ」

と声をあげてしまう。

割れ目が開いたままで、真っ赤に燃えたおんなの粘膜がのぞいていたのだ。その穴は精汁にまみれ、どろりと垂れてきている。赤と白のコントラストがエロすぎる。

「ああ、はやく入れて……」

真っ赤な粘膜が誘うように蠢く。

純也は鎌首の形に開いたままの的に向かって、鎌首を向けていく。はやくもあらたな先走りの汁がにじんでいた。

的がはっきりしているため、一発でずぶりと入れることが出来た。

「あうっんっ、うんっ」

舞花がぐぐっと背中を反らす。

純也は奥まで突き刺していく。女性上位の時とは、侵入の角度が変わり、あらたな刺激を感じる。それは突かれる側の美人妻も同じようで、

「ああ、いいわ……大きいわ……」

とあらたに甘い喘ぎを洩らしている。

純也は尻たぼに指を食い込ませ、奥までえぐった。

「あうっ、うんっ。当たるわっ」

鎌首に子宮を感じていた。そこにぶつけるように、ペニスを前後させていく。

「あっ、あああっ、あああっ、ああっ、あんっ」

子宮にぶつかるたびに、舞花が甲高い声をあげる。

「ああ、きついです……ああ、おま×こ、きついです」

女性上位の時よりも、もっとち×ぽに刺激を受けていた。

つい、抜き差しが緩む。

「あんっ、もっと激しくしてっ、二度目でしょうっ。頑張っててっ」

「はいっ、頑張りますっ」

卒業させてくれた相手なのだ。舞花にも喜んでもらいたい。いいエッチだったと満足してもらいたい。

純也はさらに尻たぼに指を食い込ませ、ずどんずどんとバックから突いていく。

「いい、いいっ……そうよっ、いいわっ……ああ上手よっ」

突くたびに、舞花の背中がさらに反っていく。汗ばんだ華奢《きゃしゃ》な背中のラインが美しくも、エロティックだ。

「ああ、いきそう……いきそうよ、純也さんっ」

美人妻が限界が近いとわかり、そのことに昂ぶって出しそうになる。今度は一人で勝手にいってはだめだ、と腰の動きを緩める。

「あんっ、だめよっ、いきそうだったのに……」

舞花が首をねじって、こちらをなじるように見る。その目にも昂ぶってしまう。

もう、何が起こっても暴発してしまいそうだ。よくぞ耐えていると思う。

「ああ、いかせて……女をいかせて、はじめて童貞卒業よ、純也さん」

「そうなんですか」

「ただ入れて、出しただけで卒業させるものですか」

「そうですよね。しっかり、卒業させてくださいっ」

純也は再び、力強く抜き差しをはじめる。

「あっ、ああっ、それよっ、いいわっ」

すぐに舞花は喜んでくれたが、おま×この締め付けが良すぎて、またも暴発との戦いとなる。

純也はずっぽりと深く挿し入れ、小刻みに連続して子宮を突きはじめる。ぱんぱんぱんっと乾いた音が夫婦の寝室に響いた。

「いい、それいいっ、ああ、いきそうっ、また、いきそうになったのっ」

「いってくださいっ」

「ああ、いかせて……ああ、いかせて、純也さんっ」

俺のち×ぽで美人妻をいかせてやるぞっ、という思いだけで、突いていく。

「あ、ああっ、もう少しっ、ああ、もう少しっ」

「いってくださいっ」

とどめを刺すように、大きく腰を引くと、渾身《こんしん》の力でえぐった。

「いいっ……いく……いくいくっ……」

舞花がいまわの声をあげて四つん這いの裸体を痙攣させた。おま×こも痙攣し、純也ははやくも二発目をぶちまけた。

「ひいいっ、熱いっ……ああぁいくうぅっ」

精液を受けて、さらに舞花が絶叫する。

おうっ、と純也はまたも雄叫びをあげ、二発目を注ぎまくる。一発目と変わらず、感動の中で射精する。

中はいい。中に限る。おま×こ、最高っ。

舞花は繋《つな》がっている双臀をがくがくと震わせ、そして、腕を折るように突っ伏した。

それと同時に、射精を終えたペニスが抜け出る。

割れ目が鎌首の形にぱっくりと開き、そこからどろりと白濁液が垂れてくる。

「はあっ、ああ……ああ……」

舞花は荒い息を吐いて、アクメの余韻に浸《ひた》っている。

そして、上体を起こすと、純也を見あげた。

「ああ、気持ち良かったわ。私が卒業免状をあげる」

「ありがとうございますっ。舞花さんがはじめての女性で良かったです……！」

「あら、お上手なのね」

起き上がると、舞花が美貌を寄せてくる。ちゅっとキスしてくる。そしてすぐにディープキスに移行する。

「うんっ、うっんっ」

舞花は純也の舌を貪ってくる。どうやら、一度いったくらいでは満足していないようだ。

純也の方は、二発出して見事に童貞卒業を果たし、すでに満足していた。が、一度火が点いた人妻のからだは簡単には鎮火しないようだ。

舌をからめつつ、半勃ちのペニスをしごいてくる。

それだけではなく、唾液を純也の口に注ぎはじめた。ごくんと飲む。

「ああ、どうかしら」

「美味しいです」

「本当かしら。その割りには、大きくならないわね」

と言いつつ、しごいてくる。

「二発出しましたから……」

「ずーっと溜めていたんでしょう。おま×こに出せるのに、二発でいいのかしら。これから、いつおま×こに出せる機会が来るかわからないでしょう」

「そうですねっ。二発出したくらいで、満足していた僕が馬鹿でしたっ」

確かにそうだ。次、いつおま×こに出せるかわからないのだ。二十一年間なかったのだ。今夜出来たからといって、こんな幸せが続くわけがない。

そもそも舞花は彼女ではないのだ。今夜限りの相手だ。

二発で終わりたくない、と思うと、股間にあらたな劣情の血が集まりはじめる。

「あら、大きくなってきたわ」

貧乏症ゆえか、もったいない精神を発揮させて、三発目に向かって勃起していく。

舞花は右手でしごきつつ、左手を蟻《あり》の門渡《とわた》りに伸ばしてきた。

「あっ、そこ……」

そろりと撫でられると、気持ちいい。

舞花の左手はさらに伸びてくる。そして、肛門を撫でてきた。

「あっ……」

快感が走った。

「あら、ここ感じるのね」

と言って、舞花が尻の穴の入り口付近を指先でなぞってくる。

「あ、ああ……そこ……ああ……」

「すごいわ。どんどん大きくなってくるわ」

尻の穴とペニスは連動しているのだろうか。肛門をいじられ、一気に反り返っていく。

舞花が純也の股間に美貌を埋めてきた。七割ほど復活したペニスを根元まで咥え、強く吸ってくる。その間も肛門を撫で続けている。

「あっ、ああ……ああ……」

純也は女の子のような声をあげて、下半身をくねらせる。

舞花が美貌を上下させる。唇を出入りするたびに、肉茎《にくけい》が太くなっていく。

舞花が美貌を引き上げた。そして、ベッドに仰向けになる。

「最後は正常位がいいでしょう」

「そうですね。正常位でしていなかったですね」

二発で終わっていたら、正常位ではしなかったことになる。確かに、ラストはち×ぽを入れつつ、しっかり抱き合ってベロチューしたい。

「来て……」

舞花が両膝を立てて、広げる。開いた割れ目から、ザーメンを垂らしたおんなの粘膜が誘うようにのぞいている。

純也はそこに導かれるように、先端を向けていく。

ザーメンまみれのおんなの粘膜に当てると、ずぶりと突いていった。

「あうっ、うんっ」

舞花があごを反らせ、眉間に縦皺を刻ませる。

舞花の表情を見ながら、ずぶずぶと埋め込んでいく。

「あ、あうっ、深いわっ……」

奥へと進めるにつれ、眉間の縦皺が深くなり、火の喘ぎが大きくなる。

そんな変化も、正常位だと楽しめる。が、そのぶん刺激が強くなる。

奥まで突き刺すと、舞花がしなやかな両腕を伸ばしてくる。

「おいで」

と誘う。

「舞花さんっ」

純也は上体を倒していく。それにつれてさらに深くめりこんでいく。

「うう……」

と火の息を吐きつつも、舞花は妖しく潤ませた瞳で見あげてくる。

純也は胸板で豊満な乳房を押し潰し、顔を寄せていく。

唇を重ねると、舞花が舌を入れてくる。と同時に、両足で純也の腰を挟んできた。

ぐいっと締めてくる。

「う、ううっ」

肉の繋がりがより強くなり、純也はうめく。これが一発目だったら、即、発射していただろう。さすがに三発目だから、まだ余裕がある。

純也は人妻と熱いキスを交わしつつ、腰を上下させていく。

ひと突きごとに、ううっ、と火の息が吹き込まれてくる。

純也は胸板で乳首を押し潰し、股間でクリトリスも押し潰す。

「うう、ううっ……」

火の息が濃くなる。密着しているところにあらたな汗が出て、全身が甘い体臭に包まれる。まさに今、純也は舞花と一体になっていた。口もおま×こも塞ぎ、乳房も恥部も密着させている。

　このままずっと繋がっていたかった。抱き合っていたかった。

が、欲望が強い人妻はそんな生ぬるいことはゆるしてくれない。

「ああ、突いてっ」

唇を引くと、そう言ってきた。

純也は上体を起こすと、強くピストン責めをはじめる。

「あっ、あああっ、あああっ」

突くたびに、たわわな乳房が前後に揺れる。

ひたすら同じ形で突いていると、

「足を抱えて、折ってきて」

と舞花が言う。

なるほど、足を抱えるか。ＡＶでもやっているな。ＡＶでの体位を思い浮かべ、純也は美人妻の両足を抱えていく。そして抱えたまま上体を倒していく。

するると、肉の繋がりがさらに深くなる。

純也は斜め上から、舞花の媚肉を突いていく。

「いい、いいっ……もっと、強くっ」

はいっ、と渾身の力を入れて、えぐっていく。

「あ、ああっ、いきそうっ、また、いっちゃいそうっ」

おま×こもいきたい、とくいくい締めてくる。そんな中、純也は勢いを緩めることなく、美人妻を斜め上から突きまくる。

「あ、ああっ、も、もう……い、いくっ」

舞花がいまわの声をあげて、下半身を大きく動かした。抱えていた太腿が伸びて、押しやられる。が、ペニスだけは強烈に締め付けられていて、抜けなかった。

純也は舞花の足をシーツに下ろすと、あらためて、正常位で突いていく。

すでにいっている舞花は、アクメの余韻に浸る前に連続で攻められ、

「あ、あああっ、すごいっ、おち×ぽ、すごいっ」

と叫びはじめる。

俺が、俺のち×ぽで、美人妻をこんなによがらせているんだ、とさらに全身の血が沸騰し、舞花の中でひとまわり太くなっていく。

「あ、ああっ、大きくなったのっ、また、大きくなったのっ、あ、あああっ、いい、いいのっ、おち×ぽいいのっ」

純也はおらおらっと激しく突いていく。すでにいかせたことが、余裕を呼んでいた。後は、純也が三発目を出すだけなのだ。それだけを考えればいい。

ひたすらずぶずぶと舞花のおま×こを突いていく。

「いい、いいっ……ああ、ああっ、いってっ、ああ、純也さんもいってっ」

「まだまだですっ」

と突いていると、

「あっ、またまた、いきそう……あ、ああっ、いくの……ああ、もう、舞花、いくのっ……ああ、ああっ、い、いくうっ」

と舞花がはやくもまたアクメを迎える。

舞花のいった顔は最高にそそり、純也の三発目の発射も迫ってくる。

「ああ、出そうですっ」

「いいわっ、来て、来て……ああ、今度は、いっしょに、舞花といっしょにいきましょうっ」

いっしょにいく。そうだ。いっしょにいって、余韻を伝えるようにベロチューするんだっ。

純也は顔面を真っ赤にさせて、舞花の媚肉を突きまくる。

「あ、ああっ、また、またいきそうっ……」

「僕も出そうですっ」

「来て来てっ……」

「いきますっ」

純也は同時にフィニッシュを迎えるべく、強く子宮を叩いた。

舞花が絶叫し、おま×こがこれでもかというように締めつけられる。純也はち×ぽが根元から食いちぎられたと思った。

「ひいいいいぃっ」

「おうっ！」

と雄叫びをあげて、純也は射精した。それを胎内に受けて、舞花もまた、

「いくっ！」

と叫び、あぶら汗まみれの熟れた裸体を痙攣させた。

第三章　初アナルで悶える熟れ妻

1

「すごかったそうね」

舞花相手で童貞を無事卒業した翌日、珠美の喫茶店を訪ねるなり、すぐに珠美にそう言われた。

「舞花さん、喜んでくれたようですね」

「大満足だったらしいわ。本当に童貞だったのかしら、とも言っていたわよ」

「本当に童貞でした」

「残念ね……」

と珠美がぽつりと言う。

「えっ……どうしてですか」

「純也くんが悪いわけじゃないから、気にしないで……でも、私は残念なの」

それは珠美が純也のはじめての女性になれなくて、残念という意味なのか。きっとそうだっ。それ以外に有りえないっ。

純也が密かにペニスを昂らせた途端、からんっとカウベルが鳴った。

ドアを見ると、コート姿の女性が入ってくる。三十二、三といったところか、落ち着いた物腰の、上品な女性だった。

女性は奥のテーブルに近寄ると、コートを脱いだ。

「あっ……」

と思わず声を出してしまう。

女性が体の線がもろに出る、ニットセーター姿だったからだ。しかもノースリーブで、純白い二の腕を露出させている。

もしかして新しい依頼者では、と純也は珠美を見た。思えば、恵里香も舞花もニットセーター姿でここにいた。店にいる女性がノースリーブのニットセーターを着ていると、反射的にやれると思ってしまうのだ。

珠美はちらりと純也を見ると、カウンターから出て、女性にお冷を出した。

今日は客は純也と新しく来た女性だけだった。

珠美がこちらを見て、おいでおいで、と手を振った。

「えっ……」

「純也くん、おいで」

と珠美が呼ぶ。純也はストゥールを降りると、あらたな相手であろう美人がいるテーブルへと向かう。

珠美と並んで座ると、

「美和《みわ》です」

と落ち着いた美人が名乗った。

「純也です。高橋純也です」

と純也も名乗る。向かい合って見ると、二の腕の白さが眩《まぶ》しい。切れ長の目が美しかった。そして、美和も巨乳だった。いやでも、ニットの胸元に目が向いてしまう。

「珠美さんから、高橋さんの話は聞いてます。だから単刀直入に言いますね。主人がアナルでしたがっているの」

いきなり、落ち着いた雰囲気の美人が破廉恥な告白をはじめた。

雰囲気は落ち着いて上品だったが、第一声から大胆だった。すでに、純也がどういう男か知っているようだ。まあ、だから、こうして会っているのだろうが。

「それで、ずっと拒んでいるんだけど……ねえ、やっぱり、お尻って、そういうところではないでしょう」

と美和が同意を求めてくる。

「そうですね……」

と純也はうなずく。

「でもね。エッチが疎遠になってきたの。浮気はしていないとは思うんだけど、このままアナルを拒み続けると、主人、他の女を見つけてしまうかもしれないわ。他の女のお尻の穴に入れたおち×ぽを、入れられるのなんて、絶対にいやでしょう」

とまたも、同意を求めてくる。

「そうですね……」

入れられる立場ではなかったが、まあ、他人の尻の穴に入ったたち×ぽをおま×こに入れられるのは、女性にとってもご免だろう。

「それでね……主人としたいと思うの」

「はあ、お尻に挑戦するんですね」

「それで……あのね……、本番の前に一度、試してみたいの」

美しい瞳で真っ直ぐ見つめ、美和がそう言った。

「試す……」

「そう。純也さんのおち×ぽで」

と美和が言った。

「僕の……ち×ぽで、ですか」

「そう。珠美さんから聞いているの。約束を守る、とてもまじめな方だって」

「そ、そうですか」

「アナルで一度体験したいんだけど、前はだめなの。わかるでしょう。私、主人を愛しているから……」

「そうですよね」

純也なら、アナルをやっている途中で、どさくさに紛れて、前の穴にも入れようとはしないということだろう。

確かにしない。なにより恵里菜で実績がある。

「純也さん、誠実そうで、あなたになら、私のアナル、任せられそう」

どうやら面接は合格のようだ。

「純也さんは、どうかしら。私のお尻、舐められるかしら」

「舐める……」

「そう。まずはほぐさないといけないでしょう。いきなり入れるなんて、無理だと思うの」

純也の脳裏に、舞花の尻の穴が浮かぶ。きゅっと窄《すぼ》まった小指の先くらいの穴だ。確かにあそこに、いきなりは無理だろう。

「あら、誰かのお尻の穴を思い浮かべたのかしら」

「い、いや……」

純也はあわててかぶりを振る。

「どうかしら。舐められるかしら」

「もちろん、舐められます。是非とも、美和さんのお相手をさせてください」

「ありがとう。いい人を紹介してくれて、珠美さんもありがとう」

と美和がふたりに向かって頭を下げる。

「さっそく、今からいいかしら」

「えっ……」

「すぐにどんな感じか、試してみたいの」

「バックヤードを使えばいいわ」

と珠美が言う。すでに舞花の時、使用済みだ。あの時は、舞花が勃起したペニスを見たいと言ってきて、見せたのだ。

「いいかしら」

はい、と純也はうなずいた。

2

純也は美和とバックヤードで向かい合っていた。

美和はロングスカート姿だった。黙ったまま向かい合っていると、

「あっ、お尻、出すのね……そうね……ごめんなさい」

と言って、美和がロングスカートの裾を摑むと、たくしあげはじめた。すると、ふくらはぎがあらわれた。生足だ。

二の腕同様、絖白い。なによりやわらかそうだ。そして、膝小僧があらわれる。

バックヤードで見る人妻の生足も乙なものだ。

太腿がのぞいたところで、たくしあげづらくなった。

「ああ、ロングじゃなくて、ミニにしてくれればよかったわ……スカートをたくしあげ

ることまで、頭がまわらなかったわ……」

と美和が困った顔を浮かべる。

「脱いでいいかしら……」

と美和が聞く。

「もちろんです。その方が、スカートも皺にならないと思います」

「そうね。あら、皺になるわよね」

と美和がたくしあげていたスカートの裾から手を離す。

純白いふくらはぎが、純也の視界から消える。が、これからスカートを脱ぐのだ、
と期待が高まる。

美和がロングスカートのベルトを緩める。

「ああ、恥ずかしいわね……ちょっと背中を向けていてくれるかしら」

はい、と純也は言われるままに、美和に背中を向ける。バックヤードはコーヒー豆
の薫りに包まれている。そんな中、後ろから、美和の匂いがかすかに薫ってくる。

純也は美和の匂いを求めて、くんくんと鼻を動かす。

「いいわ……」

と美和の声がした。振り向くと、

「あっ」

と思わず声をあげる。

美和はロングスカートを脱ぎ、ニットセーターとパンティだけになっていた。

パンティは白だったが、フロントがシースルーになっていて、中のヘアーが透けて見えていた。

付け根まであらわになっている太腿は人妻らしくあぶらが乗り、純也は一気に勃起させた。

「はあっ、こんなとこで脱ぐのって、恥ずかしいわね」

美和は鎖骨まで赤くさせている。そして、今度は美和が背中を向けた。

「Tバックっ」

と見たままを、純也は口にする。

白の透け透けパンティはTバックだった。むちっと熟れた尻たぼがあらわとなっている。

美和が上体を倒していく。それにつれ、魅惑の双臀が突き上げられていく。

「舐めて……ください……」

と美和がかすれた声で言う。

「は、はい……」

純也は美和に寄っていく。

「あの、お尻、触りますけど、いいですか」

「いいわ……触らないと、広げられないものね」

「はい」

純也は尻の狭間に食い入っているTバックをずらすと、その場にしゃがむ。そして、失礼します、と尻たぼに手を置く。しっとりとした肌が吸い付いてくる。

純也はペニスをブリーフの中でひくつかせながら、尻たぼを開いていく。すると、深い狭間の底に、小さな穴が見えた。

「ああ、綺麗です」

と純也は言う。

「そ、そう……お尻の穴って、綺麗とかあるの」

「あります。綺麗です、美和さん」

それは素直な感情だった。きゅっと窄まった蕾《つぼみ》は、とても排泄《はいせつ》器官とは思えない。

ここも、ペニスを入れるための穴にしか見えない。

「ああ……見ているだけじゃなくて……ほぐして……」

「すいません……」

純也はぐっと尻たぼを開き、顔を埋めようとする。が、美和が中腰の状態では、顔面を埋め込めない。

「四つん這いがいいかもしれません」

と純也は言う。

「ああ、四つん這いね……恥ずかしいけど、そのほうが、舐めやすいのよね」

「はい。すいません……」

わかったわ、と美和がバックヤードの床に両手、両膝をつく。

ずらしたTバックが、再び、狭間に食い込んでいる。

「パンティ、脱いでください」

と純也が言う。

「ああ、脱ぐのは……ちょっと……」

「大丈夫ですから」

「そうね……純也さんなら……パンティ脱いでも……安心できるわね……」

美和が下半身に手を伸ばす。が、四つん這いのままでは脱ぎづらい。

「僕が下げますね」

と言って、白のパンティを掴むと、一気に足首まで引き下げ、抜いていった。

美人妻だけ、下半身丸出し状態となる。

上はニットセーターを着ていて、下半身だけ裸なのは、なんともそそる。ＡＶではよく見られる姿だが、リアルで見ると、その不自然さに興奮する。

しかもここはベッドの上ではなく、喫茶店のバックヤードなのだ。

「いらっしゃいませ」

と珠美の声が聞こえてきた。

美和がはっとして四つん這いの形を崩そうとする。

「誰も来ませんよ」

「そうだけど……ああ、私だけ、脱いでいるの、恥ずかしすぎるわ……ああ、純也さんも脱いでくれないかしら」

「えっ」

「お、おち×ぽ出してみて」

甘くかすれた声で、美和がそう言う。

「い、いいんですか」

「いいわ……」

じゃあ、と純也はジーンズのフロントボタンを外すと、下げていく。ブリーフがあらわれる。勃起としている。

それをちらりと見て、美和がはあっと火の息を洩らす。そんな美人妻の反応に、さらに勃起していく。

純也はいいぞっ、とブリーフを一気に引き下げた。すると、弾けるように、びんびんのペニスがあらわれる。

「すごいっ」

ちらりと見た美和が目を見張り、見事な反り返りに釘付けとなる。

「ああ、でも大きいわね……こんな大きなおち×ぽ、私のお尻に入るかしら」

と美和が心配そうに言う。

そうか。これはおま×こではなく、尻の穴に入れるものだから、そんなに大きくない方がいいのか。

「ちょっと硬さを確かめていいかしら。硬くないと、お尻は無理なの」

火の息を吐くように、美和が言う。

「もちろんです。どうぞ、確かめてください」

やはり、びんびんに勃起していると、堂々とした態度になる。ほらほら、どうだっ、と胸を張ってしまう。

美和が右手を伸ばしてきた。そっと胴体を握ってくる。

「あっ、硬い……石みたい……」

「そうですか」

「硬いのはいいけど、こんな硬いのが入ってきて、傷つかないかしら」

「だから、ほぐすんですよね」

「そうね……」

とうなずきながらも、美和はなかなかペニスを離さない。硬いわ、大きいわ、とつぶやきつつ、強く握ってくる。

純也はそのままに任せている。ニットのセーターだけで、下半身丸出しの美人妻にバックヤードでペニスを摑まれている状況に、異様な昂ぶりを覚えていた。

その証《あかし》に、どろりと先走りの汁を出してしまう。

「あら、お汁が……」

とつぶやいた次の瞬間には、美和は上体を伏せて、ぺろりと鎌首を舐めていた。

「あっ……」

びりりっとした快感が先端から流れる。

「あっ、ごめんなさい……つい……お汁を見ると、舐めてしまうの……主人にいつも、綺麗にしろ、と言われているから」

旦那の躾《しつ》けの賜《たまもの》か。

また、どろりと先走りの汁が出る。するとまた、すぐに美和が舐め取ってきた。どうやら、我慢汁を見ると、舐めずにはいられないようだ。

「ああ、素敵なおち×ぽでうれしいわ。これがお尻に入ってくると思うと、すごくドキドキするわ」

じゃあ、おねがい、とようやくペニスから手を離し、再び、両手両膝を床についた。

そして、むちっと盛り上がった双臀を、純也に向けて差し上げてくる。

それを見て、純也のペニスがひくひく動く。美人妻はお尻の穴を舐めて、と差し上げているのだが、ち×ぽを出していると、入れて、と差し出されているような錯覚を感じる。

『前の穴はだめだから。約束を守る人だと思って、純也さんにおねがいするの』

そうだ。前には決して入れない男という信頼で、純也は美人妻のアナル舐めの役目を貰ったのだ。

前に入れようとしたら、珠美からの信頼もなくなる。こういったおいしい依頼が二度とこなくなる。

でも童貞の時とは違い。入れる穴がそばにあり、入れるち×ぽを出していると、無性に突っ込みたくなる。これは牡の性《さが》なのだろう。

いかんっ、いかんっ、と純也は頬を叩く。

「えっ、なにしているのかしら」

頬を叩いた音に驚き、美和が首をねじって見あげてくる。

「アナル舐めの気合いを入れたんです」

「そうなの……おねがいします」

はい、と純也も床に膝をつく。そして、尻たぼに手をかけ、ぐっと開いていく。

菊の蕾がのぞく。深い谷間の底で、ひっそりと息づいている。

まさか、こんな場所であからさまにされ、そして舐められるとは思ってもみなかったただろう。

3

純也は尻の狭間に顔を埋めていく。息が尻の穴に掛かる。するとそれだけで、

「ひいっ」

と美和が声をあげる。

「大丈夫ですか」

「大丈夫よ……大丈夫……」

自分自身に言い聞かせるように、美和が答える。

純也は舌を出した。そして、菊の蕾をぺろりと舐める。

「あっ……」

今度は甲高い声をあげた。さらに舐めると、

「だめっ」

と逃げようとする。純也はしっかりと尻たぼを摑み、ぞろりぞろりと美人妻の尻の穴を舐めていく。

「だめ、だめよ……」

だめ、と言いつつも、はやくも逃げなくなった。舐めているうちに、だめ、という声が甘くかすれはじめる。

感じているようだ。それもかなり敏感な気がする。

「はじめてじゃないですよね」

「ああ、主人が何度か……舐めてきたことがあって……」

「そうですか」

アナルエッチをしたいのだから、当然、舐めてくるだろう。旦那は美和の尻の穴が好きなのだ。

「奥に入れてみます」

とわざわざそう言う。

「ああ、おねがい、します……」

はい、と純也は尻の穴を広げていく。

「はあっ、広げるなんて、恥ずかしすぎます……」

ぶるっと掲げた双臀が逃げようとする。

「広げないと、舌を入れられませんよ」

「あんっ、ずるい人……」

なにがずるいのかわからないが、美人妻にずるい人と言われて、なぜかぞくぞくする。

「じっとしていてください。尻の穴、開きますから」

とまた、わざとそう言う。

「あんっ、いじわる……黙って、開いて……」

今度はいじわるだ。これも、美人妻にいじわると言われて、なぜか興奮してしまう。

純也はぐっと菊の蕾を開いた。尻の穴の奥まで見える。

そこにとがらせた舌先を入れていく。

「あっ、入ってきた……ああ、すごいっ」

美人妻の尻の穴がきゅきゅきゅっと締まる。純也の舌も締められる。すると動きが止まる。

「あんっ、どうしたのかしら。舐めて」

「う、うう……」

締めすぎです、と答えるものの、うめき声にしかならない。

ようやく気づいたのか、偶然か、尻の穴の締まりが緩み、舌を動かせた。

「お尻の穴、締めすぎると、奥まで舐められませんよ、美和さん」

「ああ、締めている気はないんだけど。やっぱり、入ってくるものを締めてしまうのは、女の性なのかもしれないわ」

美和がそんなことを言う。

穴を見ればち×ぽを入れたくなる牡の性の逆か。穴に入ってくるものがあれば、つい締めてしまうのか。

「お尻の穴から、力を抜いてください」

そう言って、純也は再び、とがらせた舌先を美人妻の尻の穴に入れていく。

「はあっ、ああ……変な感じ……ああ、でも、悪い感じじゃないわ……あ、ああ、気持ちいいわ」

純也はできるだけ奥まで舐めると、舌を引き上げた。あらためて、入り口付近をぺろぺろと舐める。すると、

「はあっ、あんっ」

とはやくも感度が上がったようで、美和が甘い喘ぎを洩らす。

「感じますか」

「気持ちいいわ。上手よ、純也さん」

やはり、上手と言われると悪い気はしない。調子に乗って、ぞろりぞろりと舐め続ける。

「あっ、ああ……気持ちいいわ……あ、ああ……あの、クリ、触ってみて」

と美和が言う。わかりました、と尻の穴を舐めつつ、左手を蟻の門渡りから前に伸ばすと、クリトリスを探した。

一発では見つからず、割れ目の頂点辺りを指先でなぞる。

「あんつ、もっと上よ、純也さん」

じれた美和が指示する。

指先がクリトリスを捉えた。ここだ、と強くなぞる。

「はあっあんっ」

ひと撫でで、美和がぶるっと尻を震わせ、四つん這いの身体をくねらせる。

純也はクリトリスを指の腹で押していく。

「あ、あんつ、お尻、止まっているわよっ。いっしょに、してっ」

「すいませんっ」

純也はクリトリスを押し潰しつつ、ぞろりぞろりと尻の穴を舐めていく。

「いい、いいっ、いっしょ、いいのっ……ああ、気持ちいいのっ」

美和の声がにわかに大きくなる。

「声、珠美さんに聞かれますよ」

「あんつ、そうねっ、でも、出ちゃうのっ……純也さんがいけないのよっ、クリといっしょに責めるからっ」

これは美和に言われてやっていたことだったが、純也のせいになっている。が、なぜか、純也さんがいけない、と言われると、ぞくぞくする。

もっといけなくしてやれ、とクリトリスを摘まむと、ぎゅっとひねった。

「ひいっ……いくいくっ」

美和がいきなりいってしまった。剝きだしの下半身が、瞬く間に、あぶら汗まみれとなる。

しばらくがくがくと下半身を痙攣させていたが、そのままがくっと床に突っ伏した。

「大丈夫ですか」

美和が起き上がり、こちらを向く。

「ありがとう。今日はこれで充分よ」

上気させた美貌がなんとも色っぽい。ほつれ毛がいくつも頰に貼り付いている。

「お礼しなくちゃ」

と言うと、膝立ちの純也の股間に美貌を埋めてきた。あっという間に、ペニスの根元まで美和の口の粘膜に包まれる。

「ああ、美和さんっ」

じゅるっと吸われ、今度は純也が大声あげる。

美和は、うんうんっ、とうめき声を洩らしつつ、純也のペニスを貪り食ってくる。

お礼というよりも、美和自身がしゃぶらずにはいられなかった感じだ。

「ああ、出ますっ、出そうですっ」

美和は美貌を上下させつつ、純也を見あげてくる。その潤んだ瞳は、このまま口に出してと告げていた。

「ああっ、美和さんっ」

純也ははやくも射精させていた。どくどくと大量のザーメンを会ったばかりの美人妻の喉に出していた。

それから、毎日、バックヤードで美和の尻の穴を舐めほぐし、そしてお礼にフェラしてもらい、口に出していた。

そんな日々が一週間ほど続き、いい感じでほぐれた。

4

純也と美和はシティホテルの一室で向かい合っていた。角部屋のデラックスツインルームだ。恵里菜の時同様、別々に入っていた。

恵里菜の時以上に、豪華な部屋を美和が取っていた。

アナルの初体験は記念日となるから、いい部屋を取ったらしい。

「僕にとっても記念日です。お尻の穴ははじめてだから」

「そうね。いい記念日にしましょう」

美和がコートを脱いだ。

「あっ……」

と思わず声をあげる。ミニスカート姿だったのだ。しかも超ミニで、あぶらの乗った生足が付け根ぎりぎりまであらわとなっていた。

上半身は純也好みのノースリーブニットセーターだ。

またも、あっ、と声をあげる。美和はノーブラだったのだ。バストの形がもろわかりで、乳首のぽつぽつが目立っている。

「コートを着てきたけど、ここに来るまで、すごく恥ずかしかったの。歩くたびに乳首がセーターにこすれて、変な気分なの」

純也を見つめる美和の瞳はすでに潤んでいる。唇はずっと半開きだ。

「こんなミニ穿いていたの、十代の終わりくらいよ。十代だといいけど、人妻が穿くと、なんかエッチなのね」

自らそう言い、剝きだしの太腿と太腿をすり合わせている。

そんな美人妻を前にして、純也のペニスはすでにびんびんだった。はやくも準備OKだ。

美和がミニスカートの中に手を入れた。

そんな仕草だけでも、どきんとなる。

パンティがあらわれた。黒のパンティだ。それを統白い太腿から膝小僧へと下げていく。

生足をくの字に折って、足首からパンティを抜いた。

「純也さんもおち×ぽ出して」

どうやら、美和はパンティだけを脱いだ状態で、アナルエッチをするつもりのようだ。だから、ちょっとめくったら即お尻が出るように、超ミニにしてきたのだろう。

裸にならないのは、やっぱり、前の穴に入れられてしまうかも、という警戒があるのだろうか。それとも、美和自身が欲しくなるのが怖いのかもしれない。

純也はセーターを脱ぎ、Tシャツを脱いだ。上半身裸になると、ジーンズを下げていく。

「あら……」

と美和が声をあげる。

ブリーフからすでに、鎌首がはみ出ていたのだ。しかも鎌首は先走りの汁で白く汚れていた。

「元気ね」

純也はジーンズを脱ぎ、ブリーフも脱いだ。パンティしか脱いでいない美和と違って、全裸となった。

ペニスは見事に天を向いている。

「ああ、大きいわ……なんか、純也さんのおち×ぽ見ていると、それだけで、お尻の穴がぞくぞくするわ」

美和は火のため息を洩らしている。

「まずはほぐしましょう」

と純也が言うと、美和が掛け布団をめくり、ベッドに上がった。

シーツの上で四つん這いになり、臀部を差し上げてくる。すると、それだけで、超ミニがたくしあがり、ノーパンの双臀があらわとなった。

エロかった。バックヤードで見る美人妻の尻もそそったが、シティホテルのベッドで見る尻もエロティックだった。

しかも、尻だけ丸出しなのがたまらない。最初は脱がないのか、とがっかりしていたが、これはこれでいい。

純也もペニスを揺らしつつベッドに上がった。

「もっと、突き上げてください」

と言う。はい、と美和は言われるまま、ぐぐっと差し上げてくる。

純也は尻たぼを開いた。深い谷間の底で息づく尻の穴が、ひくひくと動いている。入れてください、と誘っているようだ。

「もう、入れて欲しがっていますよ」

と純也はわざとそう言う。

「ああ、恥ずかしいわ……」

尻の穴も恥ずかしそうに、きゅきゅきゅっと収縮する。

純也は尻の狭間に顔面を入れる。舌を出すと、ぺろりと舐めていく。するとひと舐めで、

「はあっんっ」

と美和が甘い声をあげる。ここに来るまでに、尻の穴もかなり感度を上げているようだ。

純也は尻の穴を広げると、とがらせた舌先を入れていく。

「あっ、あんっ……」

美和がぶるっと尻を震わせる。

純也はできるだけ奥まで舌を入れて、ほぐしていく。生のち×ぽは、これより奥まで入るのだ。

「ああ、気持ちいいわ……ああ、舌、気持ちいい……」

連日のアナル舐めで、美和の尻の穴の感度はかなりあがっていた。

「入れて……純也さん」

とさっそく、挿入をおねがいされる。

すると、一気に緊張が押し寄せてくる。それでも、ペニスはびんびんを維持している。やはり、恵里菜、舞花と場数を踏んで、緊張にも強くなっている。

「では、いきます」

もうやるのか、と思ったが、そもそもこのために会っているのだから、すぐにやるのは当然といえた。窓からの景色を見ながら世間話をしても仕方がない。

純也は尻の狭間から顔を上げると、今度はペニスを尻の谷間に入れていく。

先端が菊の蕾に到達する。こうして見ると、鎌首は太く、穴は小さい。こんなものが入るのだろうか。

「いきます」

「おねがいします……」

純也は腰を突き出した。鎌首が穴にめりこもうとしたが、入らない。そこをまた、突いていく。けれど、めりこむ前に押し返される。

「なかなか、入りません」

「あせらないで……落ち着いて、入れて……」

純也はあらためて、鎌首を小指の先ほどの穴に入れようとする。が、入らない。ひたすら入れることだけを考えて突いていると、ペニスが萎えていった。

そうなるともうだめだった。そもそも、アナルはペニスが鋼《はがね》のような状態ではないと入らないのだ。

「すいません……小さくなりました」

純也がそう言うと、美和がすぐにこちらを向き、股間に美貌を埋めてきた。すぐに入らず、萎えることは予想していたようだった。

根元まで口に含むと、強く吸ってくる。

「ああ、美和さん……」

ニットのセーターを着て、あぶらの乗った尻だけ丸出しでしゃぶられ、純也は昂ぶる。瞬く間に、美和の口の中で勃起を取りもどした。

「今度はいけそうです」

そう言うと、美和はすぐに美貌を引き上げて、おねがい、と先端にちゅっとキスすると、四つん這いの形に戻った。こちらに尻を差し上げてくる。

純也はすぐさま、尻たぼを開き、鎌首を尻の穴に押しつける。

入ってくれっ、と祈りつつ、ぐっと突き出す。すると、少しだけめりこんだ。すると、

「痛いっ」

と美和が逃げるように尻を動かし、鎌首がずれた。

「ごめんなさい……」

「痛いですか」

「ええ……」

「やめますか」

「まさか。入れて、純也さん」

わかりました、と純也は再び、鎌首を尻の穴に当てていく。またわずかにめりこん

だ。

「う、うう……」

今度は美和は逃げなかった。痛みに耐えているのだろう。

このまま入れ、と力を入れるが、押し返す動きが強く、また出てしまう。

「ローション、使いましょうか。持ってきているんです」

とリュックを取りに、ベッドから降りようとする。

「待ってて っ」

と美和が止める。

「ローションは使わないで。主人とする時、そんなもの使わないと思うの。自然にあるものを使って欲しいの」

「自然に、あるもの……ああ、唾液ですね」

「そうね。たくさん、垂らして」

わかりました、と純也は唾液を口に溜めると、美人妻の尻の穴に向けて、どろりと垂らしていく。

「あっ……」

唾液が尻の穴に到達すると、美和が甘い声をあげる。

純也はさらに唾液を垂らしていく。瞬く間に、小さな穴が唾液まみれとなる。

「入れて」

純也はあらためて、鎌首を尻の穴に向けていく。ぐっと押すと、小指の先ほどの穴が広がり、先端をぱくっと咥えた。

今だっ、と押すも、強く押し返してくる。

「い、痛い……痛い……」

「我慢してください」

と言いつつ、先端をめりこませようとするも、押し返しが強く、しかも、わずかにめりこんだ先端を強烈に締め付けてきた。

「あっ、出ますっ」

「えっ、うそっ……」

人妻のアナルの処女を犯す背徳の昂ぶりと、先端を締められるリアルな刺激に、童貞を卒業したばかりの純也は暴発させてしまう。

「出るっ」

先端をわずかにめりこませた状態で、純也はザーメンを噴射させた。

「あっ、ああ……」

ザーメンはすぐに尻の穴からあふれ出す。

「そのまま、入れてっ」

「えっ……」

「今よっ。ザーメンを潤滑油にしてっ」

なるほど、と思い、めりこませようとするが、脈動していてうまくいかない。それどころか、尻の穴から押し返された。

脈動は収まっていなくて、途中から、尻たぼにザーメンを掛けてしまう。

なんてことをしてしまったのか。

5

「すいませんっ」

「少し休みましょう。焦りは禁物だわ」

と美和が言う。純也はホッとして、ベッドのヘッドに置いてあったティッシュの箱を取り、数枚抜くと、それで尻たぼに掛けたザーメンを拭った。

美和が四つん這いの形を崩すと、横座りとなった。超ミニの裾が下がり、恥部を隠す。

「暑いわね……脱いじゃうかな」

「おねがいします」

と純也は言う。美和は純也の股間を見て、萎えているのに気づき、ニットのセーターの裾を摑むと、たくしあげていく。

するといきなりたわわに実った乳房があらわれる。乳首はつんとしこりきっている。

「ああ、恥ずかしいわ……」

今までお尻の穴を晒していたのに、乳房を出して、頬を赤らめている。

なんか可笑《おか》しくて、笑ってしまう。

「えっ、どうしたのかしら」

「だって、尻の穴を見せていたのに、おっぱい出して恥ずかしいなんて、変だと思って……」

「あら、そうね。私もお尻の穴でしないと、はやく、お尻でおち×ぽ受け入れないと、とそればっかりに頭がいっていたの」

「僕もそうです」

「リラックスすれば、すぐに大きくなるわ」

こっちに来て、と美和が隣を叩く。はい、と純也は美人妻の隣に移動する。たわわな乳房がそばにある。触りたかったが、尻の穴だけという約束だから、手を出さずにいる。すると、

「おっぱい、触りたいかしら」

と美和が聞いてきた。

「はい。触りたいですっ」

大声で答えると、うふふ、と美和が笑う。

「そんなに私のおっぱい触りたいのかしら」

「触りたいですっ。揉みたいですっ」

「うれしいわ。主人はそんなこと言ってくれないから」

いいわ、触って、と言われ、失礼します、と純也は右手を美人妻の乳房に伸ばしていく。そっと手のひらを置くと、それだけで、あんっ、と美和が反応する。

とがった乳首が手のひらに当たって感じているのだ。尻の穴に入れようとして、尻の穴だけではなく、美和のからだ全体の感度が上がっている気がした。

純也は豊満なふくらみに五本の指を食い込ませていく。乳首を押し潰す形となり、

「あうつ、あんっ……」

と美和が甘い喘ぎを洩らす。

その声に煽られ、純也はぐぐっと揉んでいく。純也の手で、美人妻の乳房の形が変わる。

「ああ、強く揉んで……」

火の息を吐くように、美和がそう言う。

純也はぐぐっと五本の指を魅惑のふくらみに食い込ませる。すると、中から押し返してくる。それを揉みこんでいく。

「はあっ、ああ……いいわ……ああ、おっぱい揉まれるの……久しぶり」

「僕なら、毎日、一日中揉んでいますよ」

「ああ、そうなの……おっぱい揉み係として、雇おうかしら」

「雇ってくださいっ」

と言いつつ、純也は左手も伸ばし、もう片方の乳房も鷲摑んでいく。

ふたつのふくらみをこねるように揉みしだく。

「ああっ、いい……ああっ、吸って、乳首、吸って欲しいの、純也さん」

と美和がねだってくる。尻の穴に入れるだけの約束で、最初はパンティしか脱いでいなかった美和が、今は、たわわに実った乳房を出して、乳首を吸ってとねだっている。

純也は右手を引くと、とがりきった乳首に吸い付いていった。

「あ、あうっ、うんっ……」

乳首を吸っただけで、美和ががくがくと上半身をふるわせる。あぶら汗が乳房に浮き上がり、甘い体臭が濃く薫る。

純也は右の乳首から顔を引くと、すぐさま左の乳首にも吸い付いていった。そして、唾液まみれとなった右の乳首を摘まみ、こりこりと刺激を与える。

「あっ、あんっ、それいいっ……ああ、上手よっ、純也さんっ」

美和が感じてくれている。喜んでくれている。そのことに、純也は昂ぶり、乳首吸いにさらに力がはいっていく。

美和がペニスを摑んできた。

「あっ、大きくなってきているわ」

美和に言われて股間を見ると、縮んでいたペニスがいつの間にか七分勃ちまで戻っていた。

「あと少しね」

と言うなり、美和が純也の股間に上気させた美貌を埋めてきた。鎌首が口の粘膜に包まれたかと思うと、すぐに根元まで咥えられた。

「あっ……」

純也は思わず声をあげる。

美和はじゅるっと唾液を塗しつつ、強く吸ってくる。

純也は腰をくねらせながら、重たげに垂れた乳房を掬《すく》い上げるようにして揉んでいく。

「う、うんっ」

美和はうめきつつ、美貌を激しく上下させる。唇を出入りするペニスが、完全に勃起を取りもどした。

「ああ、大きくなったわ。すごく硬いの。今よ、すぐに入れて」

そう言うと、美和は超ミニも脱ぎ、ついに全裸になると、四つん這いの形を取っていく。

純也は尻たぼを掴み、ぐっと開いた。美和の唾液まみれとなっている先端を谷間に進め、菊の蕾に当てていく。

「いきます」

「ああ、来て……美和のお尻の処女、奪って」

そうだ。処女なんだっ。人妻の後ろの処女を奪えるんだっ。

あらたな劣情の血が股間に集まり、鋼のようになる。これならいける、とぐぐっと鎌首を小指の先ほどの穴に押しつけていく。

「あ、ああ……きて……」

先端がわずかにめりこんだ。さっきはここだっ、と一気に埋め込もうとしてしくじったが、今度は落ち着け、と一度深呼吸をして、そして、腰に力を入れた。

すると今度は、ずぶりとめりこんだ。

「ううっ……い、痛い」

「我慢してください。動かないでっ」

「はい、純也さん……」

純也はあせらず、じわじわと鎌首を埋め込んでいく。小指の先だった尻の穴が、鎌首の形に開き、呑み込もうとしてくる。

「痛い……ああ、お尻、裂けちゃうっ……」

「あと少しです」

「ああ、我慢するわ……処女、捧げるんだもの……」

「美和さんっ」

ついに、鎌首がずぶりと完全に尻の穴にめりこんだ。

「ううっ……」

尻たぼに、大量のあぶら汗が浮かぶ。

「入りましたっ、入りましたよっ、美和さんっ」

鎌首を入れただけだったが、尻の穴への挿入は成功したと言えるだろう。

「ああ、感じるわ。純也さんのおち×ぽ、お尻の穴で感じるわ」

先端はすでにかなり締め付けられている。おま×この締め付けと違って、強力なレンチで挟まれて、締め上げられている感じだ。

これが一発目だったら、すでに暴発していただろう。一発出しておいて良かったのだ。

「もっと進めて……」

と美和が言う。はい、と純也は腰に力を入れる。

めりめりと軋《きし》むように、鎌首が進む。

「裂けるっ、ああ、裂けるっ」

美和が叫び、純也は動きを止める。

「いいのっ、裂けてもいいから、もっとくださいっ」

純也はじわじわとえぐっていくが、締め付けも半端なものではなくなり、先端が押し潰されるような錯覚を感じた。

「あっ、出るっ」

いきなり、発射させていた。予感もなく、まさにいきなりだった。

「あっ、あああ……」

どくどく、どくどくとさっき出したのがうそのように噴き出していく。尻の穴に注いでいく。

「あう、うう……」

美和はペニスを咥えた尻をさらに差し上げて、ぶるぶると痙攣させた。

射精が終えると、一気に萎えた。ザーメンと共に押し出されるように尻の穴から出る。

すると、美和ががくっとシーツに突っ伏した。むちっと盛り上がった双臀だけが、生きているように震えている。

美和が起き上がった。そして、膝立ちのままの純也の股間を見る。

すっかり縮んだペニスはザーメンまみれだったが、あちこちに鮮血が見られた。

「ああ……お尻、疼くわ……」

火の息を吐くように、そう言う。

「破瓜《はか》の証ね」

鮮血を見て、そう言うと、美和は股間に美貌を埋めてきた。ザーメンと鮮血まみれのペニスを一気に含み、吸ってくる。

「あ、あぁっ……」

くすぐった気持ちよさに、純也は腰をくねらせる。

美和が美貌を上げた。そして、

「ありがとう……」

と礼を言った。

「そんな。僕こそ、ありがとうございました。お尻の処女を貰えるなんて、人生でたぶん最初で最後だと思います」

「美和のお尻のこと、忘れないでね」

「忘れませんっ」

うれしいわ、とちゅっとキスしてきた。

6

翌日、珠美の喫茶店に顔を出すと、

「美和さん、とても感謝していたわ」

と珠美が言った。

「純也くんって、乳首吸いが上手だってね」

「えっ、そ、そうかなあ……」

カウンター越しに純也を見つめる珠美の瞳が、吸われたがっているように見える。

「恵里菜さんも美和さんも喜んでいたし、純也くんって、もしかしてエッチ上手なのかしら」

「えっ、い、いや、そんな上手だなんて……だって、この前まで童貞でしたし」

「そんなもの関係ないわ。もう、お尻の穴もしているわけだし」

珠美の口から、お尻の穴、という言葉を聞くだけでもどきんとなる。

カウンター越しに、珠美がずっと見つめている。いつもは閉じられている唇が、今日は半開きとなっている。

珠美が上体を乗りだしてくる。未亡人の美貌が迫る。半開きの唇が迫る。

今、店の中はふたりきりだった。キスできるのか。珠美は俺とキスしたいのか。恵里菜や美和とのエッチの話を聞かされているうちに、純也が魅力的に見えてきたのか。童貞ボーイから大人の男へと見方が変わってきたのか。

珠美の唇が迫ってきた。が、珠美からはキスしてこない。待っているのか。わからない。ああ、でもキスしたい。珠美とキスをっ。

からんっとドアから音がした。珠美がさっと美貌を引き、

「いらっしゃいませ」

と声を掛ける。

女性の客がひとり入ってきた。アラサーの人妻風だ。なかなかの美人だった。

もはやこの店にひとりで入ってくるアラサー人妻風美人を見ると、すぐにやれるのでは、と思って勃起してしまう。恐ろしい条件反射だ。

上着を脱ぐとやっぱり、ノースリーブニット姿だろうか。期待が膨らむ。

女性はコートを脱ぎながらテーブル席にかけると、ブレンドをください、と言った。

コートの下は、ノースリーブニットではなかった。一気にペニスが小さくなる。ざっくりとしたセーターだったのだ。

が、胸元は高く張っている。ゆったりしたセーターなのにバストが目立つなんて、かなりの巨乳だ。

「純也くんは、なにかしら」

「えっ……」

「コーヒー、飲みに来たんでしょう」

「そ、そうでした。えーと、ブレンドを」

と巨乳人妻風と同じものを頼んでしまう。

「あら、ブルマンじゃないのね」

と珠美が意外そうな声をあげる。

コーヒーのいい薫りがしてくる。ちらりと巨乳人妻風を見ると、文庫を読んでいた。これは珍しい。

ごくたまに電車の中でも、文庫本を読んでいる女性を見掛けることがあるが、それだけで、なぜかとても魅力的に見える。

「ノースリーブニットじゃなくて、残念だったわね」

と珠美が話し掛けてくる。いやそんなこと、と珠美に視線を向けるなり、唇を押しつけられた。

あっ、と思った時には、ぬらりと舌が入っていた。

えっ、キスっ。珠美さんと、ベロチューっ。

純也は目を丸くさせていた。驚きつつも、珠美の舌に舌を委《ゆだ》ねる。

「うんっ、うっんっ」

珠美は女性の客がひとりいるにも関わらず、純也の舌を貪ってくる。

未亡人の濃厚なキスに、純也はくらくらとなる。もちろん、唇を押しつけられた瞬間、勃起させていた。

「ああ、はじめてよ……」

唇を引き、火の息を吐くように珠美が言う。

「えっ、はじめて……」

「馬鹿ね。ファーストキスじゃないわよ。私、未亡人なんだから」

「はい……」

「夫を亡くしてから、はじめてのキスだったの……ああ、舌がとろけたわ、純也くん」

「ぼ、僕も、とろけました……」

ひとり客がいるのに大丈夫なのだろうか。

「やっぱり、キスっていいわね」

「はい。いいです」

「噂通り、上手よ、純也くん」

「そ、そうですかっ」

珠美にキスを褒められ、思わず大きな声を出す。すると、しいっと言って、口を塞ぐように、また珠美がキスしてきた。

ぬらりと舌を入れてくる。

「うんんっ、うんっ、うっんんっ、うんっ」

またも、貪るようなディープキスになる。先走りの汁が、どろりと出るのがわかった。

ブリーフの中でペニスがひくついている。このままベロチューをし続けたら、キスだけでいってしまいそうな予感がした。

いや、出そうだっ。ああ、唇が気持ち良すぎて、暴発しそうだっ。

「すごいわ。見てると、エッチな気分になっちゃう」

いきなり隣で女性の声がした途端、純也は暴発させていた。

第四章　3P願望の夫妻

1

「もしかして、出した？」

唇を引き、珠美が聞いてくる。

「えっ、まさか……キスだけで出すわけないじゃないですか」

ブリーフの中はどろどろだった。すぐにでもトイレに行って、ザーメンを拭き取りたい。

「そうよね。でもなんか、いっちゃったって、顔をしているわ。ねえ、綾乃《あやの》さん」

と珠美が、純也に声をかけてきたざっくりセーターの巨乳人妻風に聞く。

「そうね。いきましたって顔をしているわ」

「こちら、綾乃さん。純也くんと3Pがご希望なの」

と珠美が紹介した。

やっぱり、新しい相談者だったのだ。

「3Pっ」

珠美と綾乃との3Pだと思い、純也は素《す》っ頓狂《とんきょう》な声をあげた。

「3Pって言っても、綾乃さんと私が相手じゃないわよ」

と珠美が言う。

「えっ、そうなんですか……」

「あら、がっかりしたかしら」

と珠美が見つめてくる。

「は、はい……」

「まあ、私みたいなおばさんとしたいのかしら？」

「珠美さんはおばさんじゃないですっ」

と思わず大声をあげる。珠美相手にディープキスしつつ出してしまったことで、純也のテンションは変になっていた。

「ご期待に添えなくてごめんなさいね。私と主人と、純也さんの三人でしたいの」

と綾乃が言った。

「えっ、綾乃さんのご主人も入れた3Pですか……」

男ふたりに女ひとり。二本のち×ぽに穴がひとつか……。ちょっと他人の男がいるのは気まずい。

何より、赤の他人ではなくて綾乃の夫なのだ。夫の目の前で純也とセックスしようというのか。どういう夫婦なんだろう。

「あら、テンション下がったかしら。ごめんなさい」

と言うなり、綾乃が純也のあごをつまみ、唇を重ねてきた。あっと思った時にはぬらりと舌が入ってきた。

「うんっ、んっ……」

ねっとりと舌をからめてくる。唾液が濃厚に甘い。

純也はベロチュー一発で綾乃の虜《とりこ》となった。綾乃とやれるのなら、ち×ぽ二本でも構わないと思った。

綾乃が唇を引いた。

「どうかしら。私は純也さん、気に入ったわ。純也さんとなら、出来そうよ」

「し、したいです。おねがいします」

「あら、そんなに綾乃さんとのキス良かったのかしら。私もいいでしょう」

と珠美が純也のあごを摘まみ、自分の方を向かせると、唇を押しつけてくる。ぬらりと舌が入ってくる。

「うっんっ、うんっ」

またも珠美と濃厚なキスとなる。綾乃とのベロチューでとろけたが、やはり、ずっと好きな珠美と舌をからませあうのは格別だ。

はやくもブリーフの中で、勃起しはじめている。

「ああ、見ていると、したくなるわね」

と言って、珠美と舌をディープキスしている純也のあごを綾乃が摘まんでくる。そして無理矢理自分の方を向かせた。

珠美の唇から離れた純也の口が、すぐさま綾乃の唇にふさがれる。すぐに、ねっとりと舌が入ってくる。

「うんっ、うっんっ」

「あら、美味しそうに舌をからめるのね。私にもちょうだい」

と珠美が純也のあごを摘まみ、自分の方を向かせる。綾乃の唇から離れた口を、またも珠美の唇で塞がれる。

珠美、綾乃、そして珠美との連続口吸いに、純也はくらくらになっていた。すでにペニスは完全勃起して、あらたな先走りの汁まで出しはじめていた。

「結婚して五年になるの。主人とは仲良しなんだけど、どうしてもエッチはマンネリになるのね。主人は前から3Pしたいと言っていて、主人以外のおち×ぽなんていやだから、私が拒んでいたの。そんな時に珠美さんから、いい人がいるわよって言われて……。純也さんのことを聞いたの」

珠美が店をいったん閉めて、ゆっくり綾乃の話を聞く準備を整えると、巨乳人妻は話し始めた。

「そうなんですか」

「おま×こに入れてはだめと約束したら、絶対、入れないんでしょう？」

「そうです……絶対、入れません」

「私、おま×こには主人のおち×ぽしか入れたくないんです。ただ、あの……ふたつのおち×ぽで、ふたつの穴を塞がれてみたい、という願望はあるの」

「ふたつの穴……」

「お口とおま×こね。いっしょにふさがれたら、どんな感じなのかな、と思って。珠美さんはあるかしら」

　と綾乃が珠美に聞く。

「ないわ……」

　と珠美が答える。珠美ならありそうな気もしたが、普通はないか。

「純也さんには、私のお口を塞いで欲しいの。もちろん、おっぱいとかは触ってもらっていいのよ。ううん、触って、揉んで欲しいわ」

　ざっくりセーターの胸元に目が向く。

「ちょっと見てみるかしら」

「えっ……」

「見たいかしら、私のおっぱい」

　と妖しく潤ませた瞳で純也を見つめつつ、綾乃が聞く。

「見たいですっ。見たいですっ」

　と純也は叫ぶ。

　妖艶に笑うと、綾乃はセーターの裾を摑み、たくしあげた。平らなお腹があらわれる。絖るように白い肌だ。縦長のへそもセクシーだ。

　ブラがあらわれた。ハーフカップからこぼれんばかりの巨乳があらわれる。

「ああ……」

「ブラ、外してくれないかな、純也さん」

と綾乃が言う。大胆にセーターをたくしあげたものの、急に恥じらいが湧いたのか、鎖骨まで赤くさせている。

なにせ、いったん閉めたとはいえ喫茶店の中だし、純也とは会ったばかりなのだ。でも、おっぱい見せるのは綾乃から言い出したことだ。

「背中、向けてください」

「なに言っているの。抱きついて外すのよ、純也くん」

そばで見ている珠美がそう言う。

「いいですか。あの、抱きついても」

と純也は聞く。

「いいわ。律儀ね。好きよ」

美人妻に好きと言われて、どきんとなる。純也はセーターをたくしあげている綾乃に抱きついていく。そして両手を背中にまわして、ブラのホックを外そうとする。が、これがうまくいかない。思えば、恵里菜の時も舞花の時も、人妻が自分でブラを外してくれた。美和など、元からノーブラだったのだ。

純也は苦戦していたが、綾乃はじっと待っている。珠美もじっと見つめている。

外れた。細いストラップが下がる。

「いつまで抱きついたままでいるのかしら」

と珠美に言われ、純也はあわてて離れた。するとブラカップがめくれ、たわわなふくらみがこぼれ出た。

「ああ、すごい」

これまでの三人の人妻も皆、乳房は豊かだったが、綾乃のおっぱいは一段と大きかった。まさに巨乳である。ざっくりとした服にしている理由がわかった。ほかのタイプの服では、胸が目立ちすぎてしまうだろう。

「どうかしら……」

羞恥の息を吐くように、綾乃が聞く。

「大きいです。あ、あの……」

「いいわよ。触って」

綾乃のゆるしを得て、巨乳に手を伸ばす。大好きな珠美の見ている前で、他の人妻のおっぱいを掴むのは変な気分だったが、掴まずにはいられない。目の前に魅力的な乳房があれば、それを掴むのが牡の本能だった。

むんずと手のひらを広げて鷲掴《わしづか》みにするが、まったく掴みきれない。半分以上、手のひらからこぼれてしまう。

ぐぐっと十本の指をやわらかなふくらみに食い込ませていく。

「はあっ……ああ……」

綾乃が火の喘ぎを洩らす。

「ああ、気持ちいいわ……ああ、主人の手じゃなくても……いや、主人の手じゃないからこそ、ぞくぞくして感じるのかしら」

純也におっぱいを揉まれて、綾乃はうっとりとしている。

「きっとそうよ。ああ、なんだか見ているこっちも変な気分になってきたわ」

と言って、珠美がエプロンの上から胸元を掴んだ。

「珠美さんっ」

純也は驚きの声をあげる。

「ああ、顔を埋めていいのよ」

と綾乃が言う。

「い、いいんですかっ」

「いいわ……」

純也は珠美を見る。珠美はエプロンの上からバストを掴んだままで、純也を見つめている。

「では、失礼しますっ」

と純也は珠美が見ている前で、綾乃の乳房に顔を埋めていく。すると顔面がたわわなふくらみに埋もれていく。左右から白いふくらみが挟んでくる。

「いいわ」

と綾乃が純也の後頭部を押してくる。

「う、うう……うう……」

顔面が完全に乳房に包まれ、息が出来なくなる。このままおっぱいに顔を埋めて死ぬのも悪くないとふと思ってしまう心地良さだ。

「ああ、いいわ……なんか、珠美さんの前だと3Pしている気分よ。3Pって、恥ずかしいけど興奮するのね」

そう言いながら、さらに強く後頭部を押してくる。

「う、うう、うぐ……」

純也はうめき続ける。

「私も」

と珠美に髪を摑まれ、ぐっと引かれた。

いつの間にか女店主はエプロンを下げていた。高く張った白のブラウスの胸元に、顔面を押しつけられる。

「う、うう……珠美さん……」

まさか、ブラウス越しとはいえ、珠美の胸に顔を押しつけることが出来るとは思ってもいなかった。

顔面が珠美の芳香に包まれる。綾乃のじか巨乳より、珠美のブラウス越し乳房の方がより興奮した。またしても出しそうになってしまう。

「ああ……純也くん……」

ブラウス越しの胸にぐりぐり押しつけられ続ける。

珠美の匂いに包まれて、純也はたちまち夢見心地になる。

ああっ、珠美のおっぱいにじかに顔を埋めたり、珠美にパイズリされたいっ。

あ、ああっ、出るっ。

ブラウス越しの胸に顔を押しつけながら、純也は二発目をブリーフの中にぶちまけていた。

2

翌日の夜。最後の客を送り出すと、珠美が店を閉めた。

が、フロアには純也と綾乃がいる。これから閉店した店内で、3Pをすることになっていた。最初はホテルで会う予定でいたが、いきなり三人で顔を合わせても、はじめるキッカケが摑めず戸惑いそうなので、この店で綾乃と純也がいちゃいちゃしているところに旦那が入ってきて、3Pへと流れるという形にしたのだ。

一度奥に引っ込んだ珠美がフロアに戻ってきた。仕事着から私服に着替えていた。

「あっ、珠美さんっ」

珠美の私服姿に純也は思わず声をあげる。

珠美もノースリーブニットセーター姿だったのだ。しかも黒で、剝き出しの二の腕の純白さが際立《きわだ》って見えている。

胸元は高く張り、魅惑の曲線を描いている。あそこに昨日顔を埋めて射精させたんだ、とどきんとする。

綾乃も今夜はノースリーブニットセーターを着ていた。純也の好みだと珠美が教えたからだ。

こちらの胸元は、爆発しそうなくらいぱんぱんに張っている。

「主人、もうすぐ着きます」

スマホを見た綾乃がそう言う。

「ご主人は裏口から入れるから」

そう言うと、じゃあごゆっくり、と珠美がふたりに手を振って出て行く。手を振る時、腋の下がちらりとのぞき、純也はごくりと生唾を飲んだ。

綾乃とふたりきりになると、急に店内の空気が濃くなった。

これから、この巨乳人妻とエッチをするんだ。旦那の孝弘《たかひろ》は五十歳だと聞いていた。綾乃は二十九歳だった。だから、ふたまわり近く上だった。旦那はこのところ、勃ちがあまりよくなく、それで新鮮な刺激を求めて3Pをしたがっていたらしい。

綾乃が近寄ってきた。

「いちゃいちゃしましょう。主人に見せつけてやりたいわ」

と綾乃が言う。

「そ、そうですね……でも、あの……」

「なにかしら」

「あの、いや……いちゃいちゃしたことなくて……」

「簡単よ」

と綾乃が美貌を寄せてきた。唇を重ねてくる。ぬらりと舌が入ってくる。

「うう……」

純也はぴくっとからだを動かす。昨日よりも、唾液の甘さが濃厚になっていた。

「うんっ、うっんっ」

甘い吐息を吹きかけながら、美人妻が純也の舌を貪ってくる。

右手を摑まれた。ぱんぱんに張った胸元に導かれる。

純也は舌をからめつつ、ニットのセーター越しに巨乳を摑む。

「あっ……」

綾乃がぴくっと上体を動かした。恐らくとがった乳首がブラカップにこすれたのだろう。もっとこすってやれ、と強めに揉んでいく。

「あっ、ああ……ああっ」

唇を引き、綾乃が喘ぐ。かなり感じやすい。もう、旦那は店に入っているのだろうか。綾乃の夫は、店に入ったらまずはカウンターの奥から、いちゃいちゃの様子をのぞき見て、昂ぶってきたら参加することになっていた。

「ああ、なにか、したいこと……ああ、あるかしら」

と綾乃が聞く。

「セーター着たままで、したいことあるかしら」

「あります。あの、腋を……舐めたいです」

「ああ、純也さんも腋、好きなの？」

「好きです」

「はあっ、主人も大好きで、いつもたくさん舐めてくれるの……ああ、だから、かなり感じやすくなっているから……驚かないでね」

と綾乃が言う。すでにぎこちなさは消えている。

綾乃がしなやかな両腕を自ら上げていく。二の腕の内側があらわれ、そして、腋の下があらわとなる。

服は着ているのに、腋の下だけあらわなのが、なんともそそる。綾乃の腋のくぼみはすっきりとして美しかった。

「あの……」

「匂いでしょう。いいわ。嗅いで……」

ありがとうございます、と純也はさっそく、右の腋の下に顔を寄せていく。そして顔を押しつけた。

「あっ……」

押しつけただけで、綾乃が甘い声をあげた。

綾乃の腋のくぼみは、わずかに汗の匂いがした。そして、綾乃の体臭も混じっていた。たまらない匂いに純也は昂ぶる。ぐりぐりと鼻をこすりつける。

「はあっ、あんっ……どうかしら……ああ、私の……腋は……」

「最高です。ああ、舐めてもいいですか」

「いいわ。好きにして……」

好きにさせてもらいますっ、と舌を出すと、魅惑のくぼみをぞろりと舐める。

「はあっ、あんっ」

綾乃が両腕を万歳するように上げたまま、上半身をくねらせる。

美人妻の敏感な反応に煽られ、純也はさらにぺろぺろと腋のくぼみを舐めていく。

「はあっ、ああ……」

綾乃の火の喘ぎが大きくなると共に、カウンターの方から視線を感じた。

「主人が見てるわ……」

と綾乃が甘くかすれた声でそう言う。

「いいんですか」

「いいのよ」

と言うと、綾乃の方からキスしてくる。すぐさま、舌と舌をからませる濃厚なベロチューとなる。

「うんっ、うっんっ」

綾乃の鼻息が荒くなる。舌使いもよりねっとりとなっている。

綾乃を見ると、瞳を開いている。そしてその目はカウンターの方を向いていた。

「おっぱい、じか揉みしていいですか」

と純也は聞く。

「いいわ。好きにしていいのよ、純也さん」

綾乃はずっとカウンターの方を見ている。

夫に見られることでかなり昂ぶっているようだ。

純也の方も綾乃の影響を受けて、より興奮してきた。なんか寝取っているような錯覚を感じる。

二十一年間モテなかったのに、今は、美人妻を寝取っているのだ。なんという出世。

ニットセーターの裾を摑むと、ぐっと引き上げていく。

ブラがあらわれ、こぼれそうな巨乳があらわれる。というか、すでにチューブブラから乳首がこぼれ出ていた。

「乳首、出ますよ」

と純也はわざとそう言う。

「あんっ、恥ずかしい……」

綾乃はカウンターを見つめながら、羞恥の声を洩らす。

純也は綾乃の乳首に吸い付いた。じゅるっと吸う。

「はあっ、あんっ」

綾乃ががくがくと上半身を震わせる。かなり感度があがっている。すぐに汗ばみ、甘い体臭が火照《ほて》った肌から立ち昇りはじめる。

純也は顔をあげると、チューブブラをめくった。すると、押さえつけられていた巨乳が、ぷるるんっと弾むようにあらわれた。

「後ろから……揉んで……」

と綾乃が言う。後ろから……そうか。見せつけるのか。まあ、そのために純也は参加させてもらっているわけだ。じゃあ、期待に応えないと。

はい、と純也は綾乃の背後にまわり、下がってくるセーターを頭から脱がせようとする。綾乃は両腕を上げて手伝う。

綾乃の上半身が丸裸となる。ベッドの上ではなく、普段コーヒーを飲んでいる喫茶店のフロアゆえに、余計にエロティックに見える。

純也は背後から手を伸ばした。巨乳を掬いあげるように摑んでいく。

「あんっ……」

それだけで、綾乃がぶるっとセミヌードを震わせる。

純也はAV男優になった気分で、見せつけるように、こねるように揉みしだいていく。

「あっ、あああっ、いいわ……あああ、いいわ……」

綾乃の巨乳はかなり張りがあった。揉みこむそばから押し返してくる。それを力強く揉みしだく。

カウンターを見ると、男の顔が見えた。あれが旦那か。目が光って見えている。

寝取っている気分になれるのはいいが、怒りのあまり殴られやしないか、と少しびびる。つい、揉みこむ手から力が抜けた。

「あんっ、もっと強く……」

と綾乃がねだる。綾乃はこの状況に完全に陶酔している。揉みこむほどに汗ばみ、甘い匂いを発散している。

純也は右手で乳房を揉みつつ、左手をスカートへと下げていった。乳房だけ揉んでいても、芸が無いと思ったのだ。

スカートはけっこうミニ丈で、生の太腿が半分ほど露出していた。それをそろりと撫でる。

「はあっ……」

綾乃の太腿はしっとりと汗ばみ、純也の手のひらに吸い付いてくる。

そのまま、付け根へと向けていく。スカートの裾がたくしあがり、パンティがあらわとなった。

旦那がのぞき見している前で、パンティ越しでも触るのは憚《はばか》られたが、ここは触るしかない、とクリトリス辺りを狙って、勘《かん》でパンティを押してみた。すると一発で探り当てたようで、

「いいっ」

と綾乃が甲高い声をあげた。

純也は右手で乳房を揉みしだきつつ、左手の指先でクリトリスをノックした。

「んああっ、ああっ、あああっ！」

綾乃の声が止まらない。

「あなたっ、あなたあっ！」

と夫を呼ぶ。すると、がたんっと椅子が倒れる音がして、綾乃の夫がフロアに飛び出してきた。

3

夫は血相を変えて駆け寄ってきた。

やっぱり殴られるっ、と思ったが、純也はぐっと我慢して乳房を揉み、パンティ越しにクリトリスを叩き続けた。

夫は純也を殴ったりはせず、空いている乳房を正面から摑んできた。

「ああっ、あなた……」

後ろから純也に右の乳房を揉まれ、正面から夫に左の乳房を揉まれ、綾乃の声が1オクターブあがる。

「綾乃っ」

と叫びつつ、夫が綾乃の唇を奪った。うんっうんっ、と濃厚なディープキスとなる。

純也はにわかに嫉妬《しっと》を覚え、乳房を揉む手につい力を込めた。巨乳をこねるように揉みくちゃにしていく。

するると、綾乃が夫の口から唇を引き、ほっそりとした首をねじってきた。

純也に半開きの唇を晒す。

純也は夫を見た。キスしたら殴られるかと思ったからだ。夫は嫉妬でぎらつく目をしていたが、それは綾乃に対して向けられ、純也を見てはいない。

「キスして、純也さん」

とじれた綾乃が誘ってくる。

純也は夫の目の前で、その妻の唇を奪った。すると綾乃の方から、ねっとりと舌をからめてくるのだ。

「うっんっ、うんっ、うんっ」

甘い吐息を洩らしつつ、お互いの舌を貪る。夫に見せつけるベロチューに、純也は異様な興奮を覚えた。

首をねじっているため、綾乃は顔を反らし、ぬめ白い喉があらわになっている。それがエロい。反った喉が、舌を動かすたびに、動いている。

「綾乃っ」

今度は夫の方が、妻の乳房を強く揉みしだく。白いふくらみに、手形が浮き上がる。

なおも綾乃と舌をからませ続けていると、夫がパンティに手を掛け、引き下げた。

その場にしゃがむと、剝き出しとなった恥部に顔面を押しつけていく。

「う、ううっ」

火の息が、純也の口に吹き込まれる。

唇を引くと、

「いいっ」

と歓喜の声をあげる。夫はぐりぐりと妻の股間に顔面を押しつけている。

「クリをっ、クリを吸って、あなたっ」

と綾乃が叫ぶ。

「純也さんは、乳首を吸って」

と指示してくる。純也は綾乃の真横に移動し、右の乳房を掴み、脇へと乳首を持ってくる。巨乳ゆえに出来る技だ。

綾乃の乳首はつんととがりきっている。そこに、純也はしゃぶりつく。じゅるっと吸うと、

「いい、いいっ」

と綾乃が甲高い声をあげる。

「クリいいっ、乳首いいっ……ああ、いっしょにされるのがいいのっ……ああ、こんな感じ、はじめてよっ」

それは男がふたりがかりだからです、と純也は心の中で答える。

強く乳首を吸っていると、綾乃のからだががくがくと震えはじめる。

「あ、ああ、いきそう……もう、いっちゃいそうっ」

綾乃が舌足らずにそう叫ぶと、

「純也くん、乳首から離れて」

と下から夫が指示してきた。はいっ、と純也は乳首から口を引く。

「えっ、どうしてっ……」

気をやる寸前でふたりから梯子《はしご》を外され、綾乃がなじるように夫を見、そして純也を見つめてくる。

その目が一段と色っぽく、純也はブリーフの中に大量の我慢汁を出していた。

夫がミニスカートとパンティを足首から下げていく。綾乃だけが、喫茶店のフロアで全裸となった。

「はあっ、ああ……あなた……クリを……」

綾乃に言われ、夫が再び、股間に顔面を埋める。

「いいっ、クリいいっ……ああ、純也さんっ、なにしているのっ」

はいっ、と再び乳首にしゃぶりつく。

「強くっ、ああ、クリも乳首も強くおねがいっ」

綾乃はあぶら汗をにじませ、牝の匂いをむんむん発散させている。

「あ、ああ、いきそう……ああ、いきそうっ」

再び絶頂へ追い込まれるが、またも夫が恥部から顔を引いた。それを見て、純也も乳首責を止める。

純也は夫と目を合わせ、うなずきあった。いいぞ。はやくも連携がとれている。

「あんっ、どうしてっ」

「俺の前で、他の男と堂々とキスしやがって……そのお仕置きだっ」

「あんっ、そんな……あなたが望んだことでしょう」

「知らんっ」

と言うと立ち上がり、今度は左の乳房にしゃぶりついていく。それを見て、純也はみたび右の乳房にしゃぶりついた。強く乳首を吸っていく。

「あ、ああっ、いい、いい……ああ、クリも、クリもおねがいっ」

乳首だけでは物足りないのか、綾乃がねだるように腰を揺らす。

夫が左の乳首を吸いつつ、右手を股間に伸ばした。クリを摘まみ、ころがしはじめる。

「いいっ、それいいのっ、ああ、三つ、いっしょにされるなんてっ……あああ、綾乃、変になっちゃうっ」

綾乃の敏感すぎる反応に煽られ、乳首吸いにもさらに力が入る。

「あ、ああっ、も、もう……いきそう……」

今度はいかせるのか、と乳首を吸いつつ夫を見ると、またしても口を引いておあずけを食わせている。それを見て、純也も乳首から口を離した。

「あんっ、いじわるっ……お願いっ、いかせてくださいっ、あなたぁっ！」

となじるように夫を見つめ、キスしていく。うんっ、うんっ、と夫婦は貪るように舌をからめあう。

やがて口を引くと、夫がスラックスのベルトを外し、トランクスと共に下げていった。

弾けるように、勃起したペニスがあらわれた。

4

「あっ、すごいっ」

と綾乃が目を見張る。そして勃起したペニスに引き寄せられるように、足元に膝まずき、そっと掴んでいく。

「硬い……ああ、おち×ぽ硬いわ」

「そうだな」

「久しぶりね。うれしいわ。純也さんのお陰ね」

「そうだな。純也くんが合わせるのが上手だったから、びんびんになれたよ」

と夫婦から感謝される。

「しゃぶっていいかしら」

と聞きつつ、もう、唇を先端に寄せていく。だが夫が腰を引き、

「まだだ。純也くんが出していないだろう」

と言う。そして下も脱ぐよう、純也にアイコンタクトした。純也は、はいっとジーンズとブリーフをいっしょに下げていく。

こちらも夫に負けじと、見事に反り返ったペニスがあらわれる。しかも、先端は我慢汁まみれだ。

ペニスを揺らしつつ、夫の隣に並ぶ。

「ああ、たくさんお汁が出ているわね」

と言いつつも、夫の方から先に舐めていく。裏筋にねっとりと舌腹を押しつける。

「うう……」

それだけで、夫がうめく。フェラなど、もう数え切れないくらいやってもらっているだろうが、久しぶりだからか、それとも3Pだから、かなり感じているようだ。

綾乃が舌腹を上げていく。先端に近寄っていくと、鈴口から先走りの汁が出てきた。

「あら、あなたもこんなものを出すのね」

と言うなり、ぺろりと先走りの汁を舐める。

「あっ……」

と舐めてもらった夫だけではなく、お預け状態の純也まで声をあげていた。先走りの汁を舐められている夫を見ながら、純也はさらに我慢汁を出している。

綾乃はちらりと純也の鎌首を見ると、唇を開き、夫の鎌首を咥えていく。くびれまで咥えると、頬を凹《くぼ》めて吸っていく。

「ああっ、綾乃っ……」

夫が腰をくねらせる。かなり気持ち良さそうだ。お預け状態の純也も腰をくねらせてしまった。

綾乃が夫の鎌首を吸いつつ、手を伸ばしてきた。我慢汁だらけの純也の鎌首を手のひらで包むと、撫ではじめる。

「あっ、それっ」

いつの間にか、綾乃が男ふたりを手玉にとっている。これだから人妻は怖い。

綾乃はさらに夫のペニスを咥えこみ、そして、純也の鎌首を撫で続ける。

「ああ、綾乃っ」

「ああ、綾乃さんっ、僕のち×ぽも、咥えてくださいっ」

純也が泣きそうな顔でそう叫ぶと、綾乃が夫のペニスから唇を引き上げた。綾乃の鼻先でひくひくとペニスが動く。

「あら、すごい我慢のお汁を出しているわね」

と言うと、綾乃が舌を純也の先端にからめてきた。

「あっ、それっ」

ちょっと舐められただけで、純也は甲高い声をあげてしまう。お預け状態が感度を上げていた。

綾乃はぺろぺろ、ぺろぺろと先端を舐めてくる。そして左手を伸ばすと、夫のペニスを摑み、ゆっくりとしごきはじめる。

「ああ、いい……綾乃……」

二本のち×ぽを綾乃が支配している。

綾乃が鎌首まで口に含んでくると、じゅるっと吸いげた。

「あんっ、綾乃さんっ」

昴ぶりすぎて、思わず出しそうになる。それに気づいたのか、綾乃が唇をにゅぽんと外した。

「ああ、硬い、おち×ぽ二本もあるとつ、ああ、興奮するわ……。ああ、もう、ふたつの穴に欲しくなるわ」

と綾乃がさっそく、ふたつの穴を塞いで欲しい、と夫に訴える。

「すけべだな。いつの間に、そんなすけべなからだになったんだ、綾乃」

そう聞きながら、唾液でぬらぬらのペニスで、夫が綾乃の頰をぴたぴたと叩く。

「あんっ、あっんっ……あなたが、してくれないから……どんどんエッチになったの」

「しないからエッチになるのか」

「そうよ。溜まっているの」

「女も溜まるのか」

「溜まるわ……ああ、もう、あそこ、ぐしょぐしょよ」

「見せてみろ」

と夫が椅子を指差す。

裸の綾乃は椅子に座ると、両足を肘掛けに乗せてM字に開脚していく。すうっと通った割れ目が開き、おんなの粘膜があらわれた。人妻の恥毛が薄いせいで、サーモンピンクの媚唇が丸見えになっている。

「すごいっ」

と純也が感嘆の声をあげる。

「ぐしょぐしょだな、綾乃」

「ああ、恥ずかしいです……」

と綾乃が両手で開陳した恥部を覆う。

「隠すなっ」

「あんつ、だって……」

綾乃は鎖骨まで真っ赤にさせて、股間を隠し続けている。

「純也くん、綾乃の手を押さえていてくれないか」

と夫が指示を出した。はじめての3Pだと思っていたが、いやに慣れしている気がする。

雰囲気からいって管理職だろうから、日頃、部下にこうやって指示しているのかもしれない。いずれにしても、夫が主導してくれる方が、純也にはありがたかった。

純也は言われるまま、綾乃の手首を摑み、股間から離そうとする。だが綾乃は意外に力を入れて、

「だめ……」

とすがるような目を向けてくる。その目に、ぞくぞくする。ゆるしてあげようと思うのではなく、もっと恥まみれにさせてやれ、と思わせる眼差しだった。

純也が力を入れると、綾乃はいやいやと首を振った。

「おねがい……恥ずかしすぎるの……」

「はやく、純也くん」

と夫が急《せ》かす。

純也は強引に力を込め、綾乃の両手をぐぐっと引き上げた。あらためて、綾乃の花

びらがあらわとなる。

「い、いやっ……」

万歳にさせられた両腕を、綾乃が下げようとするが、純也がそれをゆるさない。媚肉もあらわとなっているが、腋の下もあらわとなっている。どちらもそそる。

「すごいな。おま×こが誘っているじゃないか」

真正面から妻のおんなの穴をのぞきこみ、夫がそう言う。

「ああ、誘ってないわ……あああ、見ないで……」

夫が手を伸ばしていく。見ないどころか、割れ目に指を添え、ぐっと開いていく。

「い、いやっ」

綾乃の花びらが開陳される。が、綾乃の両手を摑んでいる純也からは、はっきりとは見えない。腋のくぼみは間近に見える。じわっと汗ばんできているのがわかる。

「いつから、こんなおま×こになったんだ」

「あなたが、私を放っておくからよ……」

「純也くんにもおまえのすけべなおま×こをよく見てもらおう」

そう言うと、夫が立ち上がり、代わろう、と言ってくる。すいません、と綾乃の両手首を夫に任せ、純也は椅子の前にしゃがんでいく。

「あっ、すごいっ」

あらためて真正面から見ると、その淫《みだ》らさに圧倒される。

確かに夫が言う通り、綾乃の媚肉はどろどろに濡れていた。そして、幾重にも連なった肉の襞が誘うように蠢いているのだ。

綾乃はこんなエッチなものを隠しもっていたのか。

「ああ、ああ……見ないで……そんなにじっと見ないで……」

綾乃は火の息を吐いている。本当にいやなら、肘掛けに乗せた太腿を下ろせばいいだけだ。が、恥ずかしいと言いつつも、綾乃は両足を下ろそうとしない。

感じているのだ。こうやって、夫と純也の前におま×こを晒していることに、興奮しているのだ。その証として、ずっと媚肉が動いている。

見ていると、自分のものを入れたくなる。

「はあっ、ああ、見ているだけじゃなくて……もう、入れて……」

と綾乃が言う。

純也は思わず、人差し指を綾乃の中に入れていった。

「あっ、はあああんっ」

綾乃が甲高い声をあげた。

綾乃の中は燃えるように熱かった。純也の指に、肉襞の群れが一斉にからみついてきた。

夫もしゃがんで、媚肉に顔を寄せてきた。純也は指を抜こうとしたが、

「そのままで」

と言うなり、夫も人差し指を妻の中に入れてきたのだ。

「ひぃっ、ああんんっ、あなたっ」

「いじってやって、純也くん」

と夫が言う。純也は遠慮して指は動かしていなかったが、夫のゆるしを得て、人妻の中をまさぐりはじめる。

「あっ、ひあああっ、いやいやっ、二本なんて、いやですっ」

綾乃の中には二本の指が入っていたが、それぞれ別の男の指だ。だから、それぞれ別の意思で動いていた。まさぐっていた。

「ぴちゃぴちゃ言っているぞ」

と夫が言う。

「ああ、恥ずかしいっ……んああっ、だめだめっ、二本、いっしょはだめですっ」

両腕は自由になっていたが、もう、綾乃は隠さない。しなやかな両腕を万歳したま

までいる。

夫が激しく指を動かしはじめた。

「ああっ、だめだめっ、へ、変になっちゃうからぁっ」

「純也くん、このままいかせるぞ」

と夫が言い、わかりました、と純也も綾乃の媚肉を激しくまさぐっていく。

「だめだめっ……」

綾乃の下半身ががくがくと動きはじめる。おま×こが強烈に締めてくる。まさぐるにつれ、あらたな愛液が出てきて、ぬちゃぬちゃになっている。

夫が右手でおま×こをいじりつつ、左手でクリトリスを摘まんだ。いきなり、ぎゅっとひねる。

「んおおおっ、だめぇ、い、いくっ……いくいくっ！」

綾乃がいまわの声を叫び、椅子に乗った裸体を痙攣させた。おま×こも痙攣して、ふたりの指を締め上げてくる。

「もっといかせよう」

と夫が言い、はい、とさらに激しく指を動かす。

純也も動かしていると、

「おま×この天井をこするんだっ。潮を噴くかもしれないぞっ」

と夫が言う。

「綾乃さん、潮噴くんですかっ」

「知らないわっ。潮なんて噴かないわっ」

「いけるぞ、今夜は噴きそうじゃないかっ」

そう言って、夫が媚肉の天井をこすっていく。純也もそれに倣《なら》って、淫肉の中に生じた粒々を強くこすりあげる。

「あ、ああっ、いやあああっ、変なのっ、おま×こ、変なのっ」

綾乃の声がにわかに大きくなる。下半身がぶるぶる震えはじめる。

「出そうかっ、綾乃っ」

「噴きませんっ、潮なんて、噴きませんっ」

「どうかな。今夜のおまえのおま×こはいつもとぜんぜん違うぞ」

二本の指でまさぐられている媚肉からは、ずっとぴちゃぴちゃぬちゃぬちゃと淫らな音が湧き出ている。

「あ、あおおっ、出そうっ、ああ、なにか、出そうっ……」

綾乃が、だめっ、と叫んだ瞬間、おんなの穴から潮が噴き出した。

「おうっ」

夫と純也がうめいた。しゃがみこみ、おま×こをのぞきこんでいるふたりの顔面を潮シャワーが直撃したのだ。

夫も純也も顔をそむけることなく、綾乃の初潮シャワーを浴び続ける。

「あああぁっ、いく、いく……いくいくぅっ!!」

綾乃はいまわの声を放ち続け、潮シャワーを噴射し続けた。

5

綾乃が椅子から降りると、ごめんなさい、と夫に美貌を寄せて、顔に掛かった自分の潮を舐め取りはじめた。

「ああ、こんなにたくさん出すなんて……恥ずかしいわ」

と言いながら、ねっとりと夫の顔を舐めていく。純也は横でそれを見ている。

「純也くんも舐めてやってくれ」

と夫が言い、はい、あなた、と綾乃が純也の顔に美貌を寄せてくる。

「うふふ、顔びしょびしょね」

「はじめて潮を浴びました」

「私もはじめて、潮なんて噴いたわ……。なんというか、解放された気分……」

そう言うと、ぺろぺろと純也の顔に掛かった潮を舐めてくる。

純也の顔が潮まみれから、綾乃の唾液まみれに変わっていく。

「ああ、おち×ぽ、ふたつの穴に欲しいです」

左右の手で、夫と純也のペニスを掴み、綾乃が火の息を吐くようにそう言う。

どちらのペニスもびんびんなままだ。特に夫のペニスはさらにひとまわりたくましくなっていた。

「そこに這うんだ」

と夫が喫茶店の床を指差す。

綾乃が床に両膝をつき、そして両手をついた。夫と純也に向けて、むちっと盛り上がった双臀を差し上げていく。

「純也くんは口を塞いでやってくれないか」

と夫が指示する。純也はペニスを揺らし、綾乃の前にまわっていく。背後に立った夫が尻たぼを掴む。

そして、尻の狭間にペニスを入れていく。さっきまでとは違い、じらすことなく、いきなりずぶりと入れていった。

「いいっ」

綾乃があごを反らし、歓喜の声をあげる。

夫は最初からずどんずどんと飛ばしていく。

「いい、いいっ、あなた、すごいっ、あなた、おち×ぽ、大きいのっ……ああ、いいわっ！」

突かれるたびに、綾乃が背中を反らしていく。半開きの唇が上がっていく。

ちょうど、ペニスを突っ込むのにいい高さとなる。

「ああ、おち×ぽっ、ああ、綾乃のお口にも……おち×ぽちょうだいっ、ふたつの穴をいっしょに塞いでっ」

と綾乃が四つん這いの裸体をうねらせながら、そう叫ぶ。

夫を見ると、入れてやってくれ、と目で合図する。純也はうなずき、ずっと半開きのままの綾乃の口に、びんびんのペニスを突き刺していった。

一気に喉まで突いていく。

「うぐぐ、うう……うぐぐ……」

「おう、おま×こ、締まるぞっ、綾乃っ」

と夫が叫ぶ。

純也はずぶずぶと綾乃の口を責めていく。

「う、うううっ、ううっ」

綾乃は美貌を真っ赤にさせて、強くペニスを吸ってくる。頬の凹みが半端ない。

「おう、たまらんっ。すごい締め付けだ」

夫はうんうんうなりながら、妻を尻から突き続ける。純也は口を責めつづける。

「ああっ、また、またいきそうっ」

純也のペニスを吐き出し、そう告げると、すぐさま、自分から咥えてくる。

「そんなに、ふたつの穴をいっしょに塞がれるのがいいのか、綾乃っ」

「うう、ううっ」

と綾乃がうめく、いい、と叫んでいるようだ。

「ああ、俺も出そうだっ」

「うぐ、んうううっ」

なんと言っているかはわからないが、人妻のこちらを見上げる目は、なにかを伝えたがっている。このまま中に出して、と懇願《こんがん》されている気がする。

いっこうにペニスから口を引かないのは、一秒たりとも、ふた穴を塞がれた状態をやめたくないのを物語っていた。

「おうっ、出るっ！」

と夫が叫ぶや、純也も同時に綾乃の口に放っていた。

「んおおおっ、うぐぐ……うぐぐ……」

綾乃はしっかりと喉と子宮で、いっぺんに注がれるザーメンを受け止めていた。

「あ、ああ、たまらんっ」

夫はなおも、腰を震わせている。

「締めてくるぞ、綾乃っ。そんなにザーメン欲しいのか」

「う、うう……」

綾乃が純也のペニスを口から離さずに、こくこくとうなずいている。

「ああ、もしかしたら、抜かずで出来るかもしれないぞ」

そう言うと、バックで突き刺している夫が腰を動かしはじめた。

「おぐっ、うう……んんうぅ……」

綾乃は純也のペニスを強く吸いつつ、うめく。

「ああ、たまらん。くいくい締めてくるぞ。ああ、口を塞ぐと、こんなに締まりがよくなるのか」

夫の抜き差しが強くなる。

「う、うぐ……うう……」

綾乃は純也が放った大量のザーメンを口に含ませたまま、萎えかけたペニスを吸ってくる。

「純也くんも突くんだ。綾乃の喉を突くんだ」

夫に言われ、はいっ、と純也も腰を動かしはじめる。先端で喉を突く。

「んっ、ぐっ、うぐぐ、うう……」

綾乃がつらそうに美貌を歪《ゆが》めながらも頬を窄《すぼ》め、吸い続ける。決して二本のペニスを離さない。

「ああ、大きくなったぞっ。もう大きくなったぞっ、綾乃っ、純也くんっ」

抜かずの二発が出来そうで、夫は喜々とした顔を見せている。

「やっぱり、女はふたつの穴を同時に塞ぐのが一番なんだなっ」

そう言いながら、ずぶずぶと妻の媚肉を突いていく。

「ん、んんん、うぐっ、んんんぐぐふっ……」

綾乃はうめきつつも、純也のペニスを吸い続ける。純也のペニスも力を取りもどして、ずぶずぶと人妻の口を蹂躙《じゅうりん》していく。

「ああ、もう出そうだっ、もう、二発目が出そうだっ。純也くんっ、いっしょに出そうっ」

と夫に言われ、純也はうなずく。そして、喉を強く突いていく。

「うぐぐ……」

綾乃が苦しそうにうめき、純也を見あげてきた。ぞくぞくするような妖しい眼差しだった。その目を見た途端、純也は暴発させていた。

「おう、おうっ」

と吠えて、射精する。

「あっ、締まるっ、締まるっ、ち×ぽがちぎれるっ」

夫もおうっと雄叫びをあげて、抜かずの二発目をぶちまけた。

6

「お疲れさま。綾乃さんもご主人も、とても喜んでいらっしゃったわ」

「そうですか。良かったです」

「ご主人は抜かずの二発をやったそうね」

珠美の口から、抜かずの二発と聞くとどきんとなる。

純也は3Pの夜の翌日の夕方、バイト帰りに珠美の店を訪ねていた。今日は一人ずつの三人の先客がいる。

「はい。僕も綾乃さんの口に抜かずの二発をやりました」

と答えると、

「声、大きいわ」

と珠美が人差し指を純也の口に立ててくる。それだけで胸は高まった。もちろん、ペニスははやくもびんびんだ。

珠美がカウンター越しに美貌を寄せてきた。そして、

「ありがとう、純也くん。あなたのおち×ぽのおかげで、お客さんに喜んで貰えているわ」

と囁く。

「そ、そうですか……良かった」

「でもねえ、ずっと純也くんとのプレイの話を聞かされ続けているせいか、なんだか私も、変な気分になってきているのよ」

「そ、そうですか。変な気分というのは？」

「恵里菜さん、舞花さん、美和さん、綾乃さん、みんな純也くんのことを褒めるの。エッチ上手だ、って言ってね」

「えっ!?　ぼ、僕がエッチ上手……」

「そう。みんな、満足しているのよ。だから私も満足したいかなって……」

そう言うと、珠美が頬を赤らめた。

私も満足したい。私も純也くんとエッチしたい、ということじゃないかっ。

「私、主人を亡くしてからは、ずっと一人なの」

「ええ、そうですよね」

「彼氏を作る気はしなかったの。でもねえ……やっぱり、私もエッチの良さを知っている三十七の女なの……時々、からだが疼いて疼いて、眠れない夜があるのね」

「は、はい……」

純也はごくりと生唾を飲む。珠美はさらに美貌を寄せてきて、小声で話している。

「そんな時、おち×ぽが欲しいなって、思うの。でもおち×ぽって、誰のおち×ぽでもいいわけではないの。そうでしょう」

「そうですね」

「純也くんなら、いいかなって」

「た、珠美さんっ……」

「本当よ。純也くんのおち×ぽなら、入れてもいいかなって」

「僕のち×ぽ、ですかっ」

思わず立ち上がって声をあげてしまった。声はフロアに響き渡ったが、スマホに集中しているのか、他の客はこちらを見てはこない。

「純也くんは入れたいかしら」

「えっ……」

「私のあそこに、入れたい？」

さらに美貌を寄せて、火の息を顔面に吹きかけるようにして、聞いてきた。

「入れたいです。もちろんですっ」

純也は勢い込んで返事をする。

「うれしいわ」

珠美が笑顔を見せる。

「じゃあ、今夜どうかしら……」

さらに美貌を寄せて、今にもキスできそうな距離で聞いてくる。

「こ、今夜ですか」

「なにか予定があるの？」

「ありませんっ。あってもキャンセルしますっ」

うふふ、と笑い、珠美がちゅっと口づけてきた。

純也は金縛りにあったように固まった。

「ご注文は、なにになさるの？」

「えっ……注文、ですか」

純也はパニックになっていて、コーヒーの銘柄がまったく思い浮かばなかった。

第五章　未亡人から捧げられた〝はじめて〟

1

いったん自宅に帰った純也はシャワーを浴びた。その後、陽が落ちてた後の閉店間際に、再び珠美の喫茶店に顔を出した。

まだ店内には、ふたりの客がいた。

「いらっしゃい」

珠美の顔を見ただけで、純也は勃起させていた。

もうすぐ、珠美とやれるのだ。そもそも珠美と仲良くなりたくて、この店に通うようになったのだ。それがこんな形で果たせるだなんて、夢ではないだろうか。

「ブレンドをください」

「もうすぐ閉めるんですけど、大丈夫ですか」

と珠美が聞く。

「大丈夫です」

純也ができるだけ興奮を抑えつつ、香りのいいコーヒーを楽しんでいるうちに、ふたりの先客はやがて帰っていった。もはや店内はふたりきりだ。

「閉めるわね」

と言うと、珠美がカウンターの向こうから出てきて、オープンの札をクローズにひっくり返し、ドアに鍵を掛けた。

そしてこちらを向くと、紺のエプロンを外しはじめる。

それだけでもう、純也の息が荒くなる。

エプロンを外すと、白のブラウスと黒のロングスカート姿になる。ブラウスの胸元は高く張っている。

そのボタンを外しながら、珠美が寄ってくる。

「た、珠美さん……ここで、するんですか」

「ううん。ここではしないわよ」

と言いながらも、ブラウスのボタンをふたつ三つと外していく。すると、前がはだけ、白のブラに包まれたバストの隆起があらわれる。

「ああ、珠美さん……」

喫茶店の中で見る、珠美のバストのふくらみは格別だ。

「はやく、私のおっぱいを見たいかな、と思って」

「見たいですっ。すぐにでも見たいですっ」

うふふ、と笑い、珠美がブラカップを摑むと、ぐっと引き下げた。

たわわなふくらみがこぼれ出た。

「ああっ、おっぱいっ、珠美さんのおっぱいっ」

「どうかしら」

「綺麗ですっ。ああ、大きいですっ」

夢にまで見た珠美の乳房だ。それは豊満なふくらみを見せて、すでに乳首はつんととがっていた。

純也は珠美が近寄るのを待ちきれず、ストゥールを降りると、迫っていった。

そして、いきなりあらわな乳房を鷲摑みにした。

「あんっ……」

怒られるかと思ったが、甘い喘ぎ声が返事だった。

純也はその声に煽られ、もう片方のふくらみも摑み、左右を揉みしだいていく。

「はあっ、ああ……やっぱり、いいわ……男の人の手っていいわ……」

自分でも揉んでいたのだろう。未亡人のからだはずっと愛撫を待っていたのだろう。

「もっと強く、して……」

火の息を吐くように、珠美がねだる。純也は言われるまま、こねるように揉みしだいていく。

「ああ、おち×ぽ出して」

「ここで、ですか」

「パイズリしてあげる」

「パイズリ、ですか……」

「そう。はじめてのパイズリ、はじめてのエッチ、はじめてのアナル、そしてはじめての3P。奥さんたちが味わっていたこと、みんなしたいの……」

と珠美が言う。アナルに3Pと聞いて、純也の男根がますます硬く反り返る。

「最高ですっ。僕も珠美さんとしたいですっ」

「じゃあ、おち×ぽ、出して。パイズリはここでするから」

純也はジーンズのフロントボタンを外し、ブリーフといっしょに下げていく。すると、はやくもびんびんになっているペニスがあらわれる。

「ああ、すごいのね、純也くん」

珠美がうっとりとした目で、反り返ったペニスを見つめる。

「握っていいかしら」

「もちろんです」

じゃあ、と珠美が手を伸ばす。太い肉竿を摑んでくる。

「すごく、硬くて熱いわ……ああ、男を感じる……純也くんも男だったのね」

珠美は男の感触を味わうように、しっかりと握ってくる。

「じゃあ、挟むわね」

「パイズリ、したことなかったんですね」

「そうよ。はじめてよ……はじめてのパイズリよ」

と言うと、珠美はその場に膝をつき、あらわな胸元を純也の股間に寄せてきた。

反り返ったペニスをたわわなふくらみで挟んでくる。

「ああ……」

挟まれただけで、純也は腰をくねらせる。やっぱり、珠美は恵里菜の時とは違う。

恵里菜は会ったばかりの人妻だったが、珠美はずっと恋していた未亡人なのだ。

思い入れが違うぶん、同じことをされても、感じ方がぜんぜん違う。触れているだけの乳房が、みずみずしく吸いついてくるようだ。

珠美が挟んだ乳房を上下に動かしはじめる。

「どうかしら」

「ああ、いいです。珠美さん、上手ですっ」

「そうなの」

珠美は豊満なふくらみで上下動を続ける。

「唾液を垂らしてください。もっと気持ちよくなります」

「なるほど。唾液ね」

珠美が唇を開き、唾液をどろりと自分の乳房に垂らしていく。それを見て、乳房に挟まれたペニスがぐぐっと太くなる。

「あら、もっとたくましくなったわ」

乳房だけでなく、ペニスにも唾液をどろりどろりと垂らしてくる。

そして、あらためてパイズリをはじめる。恵里菜よりパイズリが上手かった。もともと純也自身が興奮しているから、我慢汁が出てくる。

それを見た珠美が、あら、と美貌を下げてきて、先端をぺろりと舐めあげた。

「あっ、それっ」

我慢汁を舐め取っても、珠美はそのままパイズリしつつ、鎌首を舐めてくる。

「あ、ああっ、珠美さんっ……ああ、いいですっ、パイズリフェラ、いいですっ」

珠美が鎌首を咥えてきた。左右から乳房を強く押しつけながら、先端を吸ってくる。

「ああ、出ますっ、もう出ますっ」

珠美は咥えたままでいる。そのままで見あげてきた。妖しく潤んだ眼差しで見つめられ、純也は暴発させた。

「おう、おうっ」

喫茶店の中で、純也は吠える。どくどく、と大量のザーメンを珠美の喉に噴射する。

「う、うぐ……うう……」

珠美は左右から乳房を押しつけながら、喉で受け続ける。昨日、3Pでたくさん出したのがうそのように、止《と》め処《ど》なくザーメンを未亡人の口内に注ぎ込んだ。

ようやく、収まった。珠美が唇を引き上げる。ザーメンが糸を引いている。

唇を閉じたまま、珠美が純也を見あげる。そして、ごくんと喉を動かした。

「ああ、珠美さんっ。飲んでくれたんですねっ」

珠美が飲んでくれると、感激もひとしおだ。

「ああ、美味しかったわ……はじめてのパイズリ、どうだったかしら」

「最高でした。気持ち良すぎました。飲んでくれて、ありがとうございます」

「どういたしまして……」

珠美は頬を染めて、ちゅっと鎌首にキスしてきた。

2

喫茶店から歩いて五分ほどのマンション。その五階にある、珠美の部屋へと純也は案内された。

「お店では、いろいろ落ち着かないものね……。どうぞ、入って」

と言って珠美が先に廊下を歩く。お邪魔します、と純也はシューズを脱ぐ。

「こっちよ」

真っ直ぐ行くとリビングのようだったが、珠美は右に曲がった。そして、すぐのドアを開く。そこは和室で、仏壇があった。

仏壇の前に、珠美が正座をする。店で私服に着替えているので、ニットのセーターにスカート姿だ。普段めったに見ることがない私服姿が生々しい。

「あなた。これから、あなたが亡くなってはじめてのエッチをします。相手は純也くん。大学生よ。ええ、そうよ、ひとまわり以上年下なの。あなた、嫉妬《しっと》するかしら」

ここに来て、と珠美が隣を指差す。純也が隣に座ると、珠美がすうっと美貌を寄せてくる。

あっ、と思った時には、唇が重なっていた。

仏壇を前にしてのキスに、純也は固まる。珠美が舌先で、純也の口を突いてくる。開くとすぐさま、ぬらりと舌が入ってきた。

「うんっ、うっんっ」

と熱い吐息を洩らしつつ、珠美が純也の舌を貪ってくる。亡き夫を前にして、昂ぶっているようだ。

やがて珠美は唇を引くと、ニットセーターをたくしあげて脱いでいった。ブラも取ると、たわわな乳房があらわれる。

「背中から揉んで」

と珠美に言われ、純也は背後にまわる。亡き夫に見せつけるのだろう。

純也は背後から手を伸ばすと、豊満なふくらみを掴む。未亡人の肌はすでにしっとりと汗ばんでいた。

とがった乳首を手のひらで押し潰すようにして、ぐぐっと揉みこんでいく。

「はあっ、ああっ、いいわ……ああんっ、はじめてなの……おっぱい、あなたが亡くなってはじめてなの……」

ううんっ、とぶるぶると上半身を震わせる。

「ああ、舐めたくなったわ。おち×ぽ出して」

と珠美が言う。どうやら、ここで、未亡人となってからはじめてのエッチをするつもりのようだ。

純也はジーンズとブリーフを下げて、珠美の横に立った。さっき珠美の口にたっぷりと出したばかりだが、すでにびんびんに勃起している。

珠美同様、純也も亡き夫に見られているようで、昂ぶっていた。

「ああ、すごい。あなた、すごいおち×ぽよ」

珠美がうっとりとした目で、反り返りを見つめ、そして唇を寄せてくる。

ちゅっと先端にくちづけてきた。

「あっ、珠美さんっ」

それだけで、ち×ぽの先端から電流が流れた。

珠美はくなくなと唇をこすりつけると、舌を出し、ぺろりと舐めてくる。

「ああ……」

どろりと我慢汁が出てくる。それを珠美は舐めとりながら、ぱくっと鎌首を咥えてきた。

「ああっ、いいっ」

鎌首がとろけそうな快感に、純也は下半身を震わせる。

珠美はそのまま肉竿を咥えると、じゅるっと貪るように口唇奉仕をはじめるのだ。

「うんっ、うっんっ」

とても美味しそうな顔を見せて、美貌を前後に動かす。たわわな乳房がゆったりと揺れる。

「ああ、私も舐めて欲しいな」

そう言うと、珠美がスカートを下げていく。すると、黒のパンティが貼り付く恥部があらわれた。太腿は絖白く、未亡人らしくあぶらが乗り切っている。

「純也くんも脱いで」

はい、と純也もセーターを脱ぎ、Tシャツを脱いで裸となった。それを見て、膝立ちの珠美がパンティに手を掛ける。

「ああ、あなた、見ていて……」

仏壇に正面を向けると、パンティを下げる。すると濃い目の茂みがあらわれた。

「舐めて……純也くん……」

甘くかすれた声で誘い、膝立ちのまま、ぐっと両足を開いていく。

純也は珠美の前にまわり、仏壇に背を向ける形で、剝き出しとなった恥部に顔を埋めていく。

するとむせんばかりの牝の匂いに顔面が包まれた。珠美は喫茶店でのパイズリで、かなり昂ぶっていたのだ。その熱気が濃い目の陰毛にこもっていた。

純也はためらうことなく、未亡人の茂みに顔を押しつけた。ぐりぐりと顔面をこすりつける。

「あっ、あんっ……」

鼻がクリトリスを押し潰す形となったのか、珠美が敏感な反応を見せた。

「ああ、あなたっ、ごめんなさい……おま×こ……あなただけのものなのに……ああ、今、純也くんに……ああ、ごめんなさい」

仏壇に見せつけつつ、珠美は謝る。謝るにつれ、牝の匂いが濃くなる。

純也は顔を上げると、茂みに指を入れ、割れ目を開いた。

翳《かげ》りの中から、真っ赤に燃えた粘膜が顔をのぞかせる。

「ああっ、おま×こっ」

純也ははじめて目にしたように叫んでいた。

「ああ、そうよ、おま×こよ……ああ、どうかしら」

「エロいですっ、珠美さんのおま×こ、エロすぎますっ」

褒めているのかどうかわからなかったが、見たまま、思ったままを口にしていた。

「舐めたいかしら、エロいおま×こ」

「舐めたいですっ」

と叫ぶと、純也は顔を埋めていった。開いたままの割れ目に舌を入れていく。

珠美の媚肉はすでにどろどろだった。しかも、やけどしそうなくらい熱かった。舌に肉の襞がからみついてくるのを、じゅぶじゅぶと抉《えぐ》っていく。

「ああ、激しいわっ……」

からみついてくる肉襞を舐めあげていく。

「あんっ、いいわ……」

珠美の下半身がぶるっと震える。純也は強く舌腹を肉の襞にこすりつけていく。

「ああ、ああ……クリもいっしょにいじって」

と珠美に言われ、媚肉を舐めつつクリトリスを摘まみ、こりこりところがす。

「ああっ、ああっ、いい……ああ、自分の時とは……ああ、ぜんぜん違うのっ」

どうやらオナニーで慰めていたようだ。

「もう欲しいわ。入れて、純也くんっ」

はやくも、珠美が未亡人となってはじめてのペニスをおま×こに欲しがる。

純也は恥部から顔をあげる。すると珠美が美貌を寄せてきた。舌をからめ、またもうんうんと貪ってくる。貪りつつペニスを摑み、ぐいぐいしごく。

「ああ、おま×こがむずむずするわ。ずっと欲しかったの……告白していいかな」

と急に珠美がはにかむような表情を見せる。

「えっ、な、なんですか……」

「あのね……はじめて純也くんがお店に来て、ブルマンって頼んだ時、なぜか、あそこがきゅんとしたのよ」

「えっ、そ、そうなんですかっ。あの、ぼ、僕もですっ」

「えっ、どういうことかしら」

「だから、はじめて珠美さんを見た時、あの、素敵な人だなって、珠美さんで男になりたいなって、思いましたっ」

と勢いの余り、告白する。

「まあ、そうだったの……。残念だわ。純也くんのはじめては、もう舞花さんにあげたのよね」

「そうです……」

「ああ、お尻のはじめては美和さんだし……」

「すいません……でもあの……」

「なにかしら」

「あの、好きな女性のはじめては、珠美さんがはじめてですっ」

「あら、うれしいこと言ってくれるのね。主人が妬《や》きそう」

そう言って、また唇を押しつけてくる。今度は純也が貪っていく。

唾液の糸を引くように唇を引くと、珠美が畳の上で仰向けになった。両膝を立てて、自ら開いていく。剝き出しの股間は位牌に向いている。

「来て……」

純也は勃起したままのペニスを揺らし、珠美の股間にからだを置く。そしてペニスを摑むと、下腹の茂みに向けていく。

すると珠美が自ら指を茂みに入れて、割れ目をくつろげてきた。

媚肉のとば口が、茂みの奥でぱっくり開いた。

「ああ、珠美さんっ」

純也は鎌首を真っ赤に燃えたおんなの粘膜に向けていく。

先端がずぶりと入った。

「あうっ……」

珠美が眉間に縦皺を刻ませる。

純也はそのまま、ずぶずぶと入れていく。鎌首が肉の襞をこすりあげていく。

「ああ、ああっ、おち×ぽっ、ああ、硬いのっ、ああ、大きいのっ……ああ、あなた、おち×ぽいいっ」

珠美は瞳を見開いていた。が、純也ではなく、背後にある位牌を見つめている。

純也は奥まで貫《つらぬ》くと、抜き差しをはじめる。

「あ、ああっ……ああっ……いいわ……」

ひと突きするたびに、珠美が火の息を吐く。珠美のおま×こは燃えるように熱く、どろどろだった。

珠美がはじめてじゃなくて残念だったが、でも、これがはじめてだったら、興奮しすぎて、すでに暴発していただろう。こうやって突く前に終わっていた。

こうして突いて、珠美を喘がせることが出来ているのは、成長の証だ。

恵里菜でパイズリ、舞花で初体験、美和でお尻の初体験、そして綾乃を入れての3Pで男として鍛えられていた。

純也はゆっくりだが、確実に突いていた。未亡人を責めていた。

「あっ、ああ、はあああっ……」

眉間の縦皺が深くなる。唇はずっと半開きで、甘い喘ぎを洩らしている。

これはすべて、純也のち×ぽの力なのだ。ち×ぽ一本で、珠美を感じさせているのだ。

3

「ああ、抜いて……」

と珠美が言う。

「えっ……よくなかったですか」

純也はいきなりあせった。

「ううん。違うわ。ずっと正常位のままで終わるのかしら」

「あっ、すいませんっ」

体位を変えることをすっかり忘れていた。珠美が言わなかったら、このままフィニッシュまで持ち込むつもりでいた。

おんなの穴からペニスを抜いていく。

「あうっ、うんっ……」

鎌首のエラで逆向きにこすられるのがいいのか、珠美が裸体を震わせる。

ペニスが抜け出た。先端から付け根まで、珠美の愛液でぬらぬらだ。

珠美が起き上がり、仏壇に向かって、四つん這いの裸体が綺麗に見える形で、両手両足を畳についた。

純也は背後にまわり、尻たぼを摑む。ぐっと開くと、尻の狭間の奥に、お尻の穴が見える。

ふと、経験済みの尻の穴のように感じた。

「珠美さん、お尻は……」

「まだ処女よ……でも、主人にほぐしてもらっていたの……お尻でもするつもりで……。でも処女をあげる前に、亡くなってしまって……」

「そうなんですね」

「でもお尻の穴を見ただけで、ほぐしているかどうかわかるなんて、すごいわね」

「いや……美和さんのお尻の穴をずっとほぐしていたから……」

何事も経験だ。

「いいわ……。お尻の処女、純也くんにあげる」

尻の穴が誘うようにひくひく動く。

「ああ、うれしいですっ」

「今夜じゃないわよ。今夜はエッチの後、ほぐしてもらうから」

「エッチの後に……アナルほぐし……」

どろりと大量の我慢汁が出てきた。

我慢汁まみれの鎌首を蟻の門渡りに進めていく。そして、鎌首の形に開いたままの割れ目に、バックからずぶりと入れていく。

「いいっ」

一撃で、珠美が歓喜の声をあげる。

ずぶずぶと一気に突き刺すと、いいっ、と背中を弓なりに反らせる。

「突いてっ、たくさん、突いてっ」

純也は尻たぼを摑み、ずどんずどんとバックから突いていく。

「いいい、いいい、いいっ……バックいいっ」

どうやら、珠美はかなりバックが好きなようだ。さっきまでとはぜんぜん反応が違う。突くたびに、おま×こが強烈に締まる。それをえぐるようにして、奥まで突いていく。

「いい、いいわっ、純也くんっ……」

背中や尻たぼにあぶら汗が浮かんでくる。四つん這いの裸体全体から、濃厚な汗の匂いが立ち昇りはじめる。

「あ、ああっ、たまらないっ、いきそう……ああ、いっちゃいそうっ！」

同じく純也もいきそうだったが、唇を嚙みしめ、暴発に耐える。そして、貪欲に激しく責めていく。

「あ、あああああっ、あああああーっ、い……いく……いく、いくうっ」

珠美がいまわの声をあげて、がくがくと四つん這いの裸体を痙攣させた。おま×こも痙攣し、純也も、

「おう、おうっ」

と吠えた。凄まじい勢いで今夜二発目のザーメンが噴き出し、珠美の子宮を叩いていく。

「あっ、熱いっ……あああんっ、いくっ……いくいくぅ……！」

子宮にザーメンの飛沫《しぶき》を浴びて、珠美は続けていった。

さっき出したのがうそのように、大量の白濁液が珠美の中に吸い込まれていく。

「う、うう……」

珠美がぶるぶると双臀を震わせる。

脈動が終わると、一気にペニスが縮み、押し出されるようにして、珠美の穴から引き抜けた。支えを失ったように、珠美が突っ伏す。

「はぁんっ……、ああ、出しちゃったのね……」

「すいません……パイズリで出したばかりだったのに……珠美さんの、お、おま×この締め付けがすごすぎて……」

「あら、そうなの。喜んでくれて、うれしいわ」

珠美が上体を起こし、こちらを向く。二発出したせいか、純也の肉棒はすっかり縮みきっていたが、そこに珠美が上気させた美貌を伏せてきた。

いきなり根元まで咥え、強く吸ってくる。

「あっ、珠美さんっ……」

くすぐった気持ちいい刺激に、純也は腰を震わせる。

うん、うん、と強く吸っていたが、さすがにすぐには勃たない。

「ふふ、たくさん出してくれたものね……。じゃ、しばらくお休みしましょうか。その間に、ほぐしてくれるかしら」

と珠美が言い、あらためて四つん這いになり、純也にあぶら汗まみれの双臀を突きつけてくる。

「今から、ほぐすんですか」

「そうよ。今夜はほぐすだけのつもりだったけど、久しぶりにおま×こにおち×ぽを感じたら、お尻にも今夜欲しくなったの。いいでしょう」

首をねじり、こちらを見つめつつ、仏壇の前で珠美がそう言う。やはり、未亡人は貪欲だ。

「もちろん。今夜ＯＫです」

憧れだった未亡人が後ろの処女をあげると言っているのだ。純也に断る理由などない。断ったら、罰が当たるというか、これまでの運気が逃げそうだ。

「じゃあ、おねがい」

はい、と尻たぼに手を置き、ぐっと開く。深い谷間の底に、菊の蕾が息づいている。きゅっと締まっているが、やはり、男の手が入っていることが感じられる。

純也はさらに尻たぼを開き、顔を埋めていく。そして、ぞろりと珠美の尻の穴に舌を這わせた。

「あっ……」

ひと舐めで、珠美がぶるっと双臀を震わせた。尻の穴もひくひく収縮する。

純也はさらに、ねぶるように舐めていく。

「はあっ、ああ……おま×こも、いじって……いっしょに、おねがい」

珠美に言われ、純也はいきなり二本の指をおんなの穴に入れた。ザーメンまみれの蜜壺を掻《か》き回す。

「あ、あああっ、いいっ……もっと、いじって……おま×こ、いじってっ」

前の穴を激しく刺激すると、後ろの穴がひくひく動く。前後の穴は連動しているようだ。このふたつの穴を同時に塞いだら、どうなるのだろうか。

綾乃のときは口とおま×こを同時に塞いだだけで、よがり狂ったのだ。おま×こと尻の穴なら、あられもなくいきまくる珠美を、見られるかもしれない。

「あ、ああ、お尻、もっと奥も舐めて……」

純也は尻の穴を広げ、とがらせた舌先を入れていく。と同時に、前の穴に入れている二本の指も奥まで入れる。

「ああ、ふあああああんっ」

前の穴も後ろの穴も強烈に締まる。

亡くなった夫にかなりほぐされていたようで、今夜でもいけそうな気がする。

「あ、ああっ、またっ……また、いきそうなのっ……いっていい？　純也くん、いっていいかしら」

と珠美が純也に聞いてくる。

「好きなだけいってください、珠美さん」

ありがとう、と身を委ねるような調子でつぶやくと、珠美はさらにふたつの穴を締めてきた。尻の穴に入れている舌が動かなくなる。

「ああぐっ、いくっ……いくいくいくうっ！」

二本の指と舌をこれ以上ないくらい締め付け、珠美が四つん這いの裸体を痙攣させた。

4

「ああ、おち×ぽ、どうなっているかしら」

四つん這いの形を解くと、珠美が純也の股間を見る。

「あら、さすが若いわね。もう、こんなになっているわ」

純也のペニスは七分勃ちまで戻っていた。

「あと、ひと息ね」

と言うと、立ち上がった。

「喉、乾いたわ。純也くんもなにか飲むかしら」

そばに置いてあるティッシュの箱から、数枚ティッシュを抜くと、股間に押し当てた。あんっ、と声をあげる。中からザーメンを押し出したのだろうか。

「はい……水を……」

「じゃあ、取りに行きましょう」

と珠美が全裸のまま、先を歩く。すらりとした足を運ぶたびに、尻たぼがぷりっぷりっとうねる。

当然、純也の目はそのうねりに引き寄せられる。

珠美はどうやら、わざと尻のうねりを見せているようだ。それでさらに勃起させようということだろう。

和室を出て、廊下を歩き、右に曲がる。純也は尻たぼのうねりだけを追っている。

リビングに向かうと、右手に曲がる。そこはキッチンになっていた。

冷蔵庫を開くと、未亡人が前屈みになって、ペットボトルを取り出そうとする。こちらに向かって突き出された尻に、純也は思わず手を伸ばす。

珠美がなにも言わないことをいいことに、純也はそろりと尻たぼを撫でた。

珠美はペットボトルを手にしていたが、前屈みの体勢のままでいる。もっと触ってということか、と純也はねっとりと撫でていく。それでも前屈みの姿勢を珠美は崩さない。

調子に乗った純也は尻の狭間に手を入れて、前の穴に指を挿入した。

「あうっんっ」

ザーメンはさっきのティッシュに押し出されたらしく、珠美の中は、愛液でどろどろにぬかるんでいた。

純也の指を待ってましたとばかりに締めてくる。

「ああ、なにしているの」

「すいません……」

とあわてて指を抜く。が、珠美は前屈みのままだ。

「おち×ぽ、入れないのかしら」

「えっ、いいんですか」

「普通、女が裸でこんなかっこうをしていたら、後ろから入れるものじゃないの」

「いや、そ、そうなんですか」

「あら、いつも主人がそうしていたから、男の人はみんなそうするものだとばかり思っていたわ」

「いや、みんなそうしますっ」

そう言うなり、純也も尻たぼを掴むと、九分まで戻っているペニスを後ろから突き刺していった。

ずぶりと入っていく。

「ああっ」

珠美がペットボトルを掴んだまま、上体を反らした。そして冷蔵庫の扉を閉めると、そこに手をつく。

純也は一気に奥まで貫くと、抜き差しをはじめる。

「あ、ああっ、おま×この中で……んおおっ、大きくなってきているわっ……ああ、もう少しね」

「そうですねっ」

純也は未亡人の丸尻に、腰を叩きつけるようにして突いていく。

「いいわっ、あああ硬いのっ、ああ、すごいわっ。二度も出しているのにっ、ああん、もう、こんなになってっ。素敵よっ、純也くんっ」

珠美に素敵と言われ、純也は舞い上がる。すると、さらに肉棒は太くなっていく。

「いいわっ……ああ、あああっ、いいわっ」

完全に勃起を取りもどしたのはいいが、このまま突いていると、気持ち良すぎてまたすぐに出しそうだ。

出したらまずいっ、と抜き差しを緩める。するとそれに気づいた珠美が、

「とりあえず、主人のところに戻りましょう」

と言った。それを聞いて、純也は立ちバックからペニスを引き抜く。

「あんっ……」

抜かれる時に感じたのか、珠美が甘い声をあげる。そして、こちらを向くと、ペットボトルのキャップを開き、ごくごくと飲んでいく。唇から水があふれ出す。

もったいない、と純也は思わず、あごに流れた水を舐め取る。

するとさらに珠美が唇からこぼしてくる。あごから、喉、そして鎖骨に流れる水を、純也は舐め取っていく。これがなんとも美味しい。

「どうかしら」

「美味しいですっ、ああ、甘露ですっ」

「まあ、そんな言葉知っているのね」

うふふと笑い、唇を重ねると、舌をからませつつ、さっきまでおんなの穴に入っていたペニスを摑み、ぐいっとしごいてきた。

「ああ、いいわ。この硬さなら、お尻、入りそう」

と耳たびを舐めるようにして、珠美がそう言った。それだけで、暴発しそうになり、純也はあわてた。

ペニスを摑まれた状態で、廊下を歩く。珠美が先を歩き、後ろに伸ばした手でペニスを摑んでいる。この勃起状態をキープさせたいようだ。

純也はぷりぷりうねる尻たぼを凝視している。

「触っていいのよ。触って、ずっと大きくさせていて」

純也は手を伸ばすと、そろりと尻たぼを撫でる。

ふたりはそのままの状態で廊下を進み、仏壇がある和室に戻った。

「あなた、あなたがずっとほぐしてくれていたお尻の穴を……純也くんにあげるわ……いいでしょう」

仏壇の前で全裸で正座をして、珠美がそう話し掛ける。純也も隣で正座している。

珠美が純也の股間に美貌を埋めてきた。一気に根元まで咥えると、じゅるっと大量の唾液を塗してくる。

そして美貌を上げると、四つん這いの形を取る。あぶらの乗った双臀を仏壇に差し上げ、自分の手で尻たぼを開帳した。

「あなた、見て……珠美のお尻の穴……まだ、処女の穴よ……これから、純也くんのおち×ぽが入るのっ……」

そう言うと、掲げた双臀を隣の純也に向けてくる。

「まずは、唾液をつけて」

と珠美が言う。純也は尻たぼを開くと、狭間に顔を埋めていく。そして菊の蕾に、唾液を垂らしていく。

「あっ……」

唾液を感じただけで、珠美が甘い声をあげる。たっぷり垂らすと、純也は顔を上げた。ペニスはこちこちのままだ。これはいけそうだ。

「入れます」

「はい……珠美の後ろの処女を捧げます」

珠美がそう言い、ペニスがぴくぴくと動いた。

尻の狭間にペニスを入れていく。驚くことに、珠美でふたりめのアナルエッチだ。前の穴に入れたのは、舞花と珠美で、後ろが美和と珠美になる。

鎌首を小指の先ほどの穴に当てる。唾液のぬめりを利用して、鎌首をめりこませる。

「あっ……あうう……」

わずかにめりこんだが、すぐに押し返される。

「お尻の穴から力を抜いてください」

そう言ってもう一度鎌首を当てて、侵入させようとする。今度は、鎌首の形に尻の穴が開いてきた。

「あうあうっ、きついわ……」

ここだっ、と進めると、尻の穴がぱくっと鎌首を咥えた。

「あっ、すごいっ……」

「あううっ、うう……い、痛い……」

鎌首の半分ほどが埋まっていたが、やはり押し返す動きが強い。今度抜けたらまずい、と純也はぐぐっと埋め込んでいく。

「裂けちゃうっ、あなた、お尻、裂けちゃううっ」

ここで引いたらだめだ、とずぶりと埋め込んだ。

「ひいっ」

珠美が絶叫した。鎌首が完全に入った。今度は押し戻すのではなく、ぴたっと貼り付き、万力のように締めはじめる。

「ううっ、ううっ」

今度は純也がうめく番だ。

「ああ、ち×ぽがっ、ああ、すり潰されますっ」

「うそ……」

「お尻から、力を抜いてくださいっ」

「ああ、力、入れてないわ……ああ、すごく感じるの……お尻に、純也くんを……あうっ、すごく感じるの……」

「あうっ、ううっ。ち×ぽ、潰されますっ」

純也は引き抜こうかと思ったが、ここで抜いたら次はないと、逆にめりこませる。すると、

「痛いっ、裂けるっ、お尻、裂けるのっ」

と珠美が絶叫する。

「ぬ、抜きますかっ」

「だめよっ、抜いたらだめっ。裂かれていいのっ。純也くんのおち×ぽになら、珠美のお尻、裂かれていいからっ……」

「珠美さんっ」

珠美の言葉に感激し、すり潰されるような締め付けに耐える。

「もっと入れて」

はい、と純也は顔面を真っ赤にさせて、めりめりと鎌首を進める。

「あう、ううっ……入ってくる……」

ううっ、とうめき、逃げるように珠美の双臀がうねる。が、もう、鎌首が完全にめりこんでいるため、逆に簡単に抜けなくなっている。

「ああ、あなたっ、あなたっ……お尻、裂けるのっ……」

珠美は仏壇に目を向け、訴える。純也はさらに押し込んでいく。

「ううっ……」

激痛に四つん這いの裸体を震わせていたが、いきなり、

「いいっ」

と叫びはじめた。

「どうしたんですかっ」

「ああ、気持ちよくなったのっ、ああおおっ、すごいっ、こんなの、はじめてっ」

いいっ、と珠美が声をあげるたびに、尻の穴が強烈に締まる。

「ああっ、すり潰されますっ」

「動いてっ、いいのっ、珠美のお尻、突いてぇっ」

「こうですかっ」

と、みしみしと動かすと、

「ひ、ひいっ」

と珠美が絶叫し、がくがくと四つん這いの裸体を痙攣させた。そして尻の穴で繋がったまま、突っ伏した。

「珠美さんっ、珠美さんっ」

万力の締め付けに耐えつつ、純也は呼びかける。

どうやら、珠美は気を失ったようだ。ペニスを抜こうとしたが、なかなか抜けない。完全に穴に入り込んでしまっている。抜け出すにはザーメンを吐き出して、小さくするしかない。

「珠美さんっ」

珠美を起こすべく、尻たぼをぱんっと張った。

が、珠美は起きず、尻の穴がさらに締まる。

「う、ううっ……」

純也はうめきつつ、ぱんぱんっと珠美の尻肉を張る。何発目かで、珠美が目をさました。

「あんっ、ぶって、もっとぶってっ」

とおねだりしてくる。

「いいんですか」

「いいわっ、ああ、ぶってっ……あ、ああ、お尻、いいのっ……たまらないのっ」

純也は未亡人の尻たぼを仏壇の前で張りつつ、鎌首をじわじわと前後させる。

「あ、ああっ、変なのっ、ああ、お尻、変なのっ」

「いきそうなんですか」

「わからないのっ、ああ、変なのっ」

「ああ、出そうですっ」

「いいわっ、出してっ、純也くんのザーメン、お尻にもくださいっ」

珠美の尻の穴がくださいい、と締まった。

「おうっ！」

と純也は吠えていた。今夜、三発目なのがうそのように、どくどくと凄まじい勢いでザーメンが噴き出す。それは、珠美の尻の穴の奥へと注ぎ込まれていった。

「んあああっ、いくうっ……ひいっ、まだ出てる、いくいくううっ」

珠美もいまわの声をあげて、あぶら汗まみれの四つん這いの裸体を痙攣させた。

5

「ありがとう、純也くん……」

尻の穴から抜けたペニスに、珠美が舌を這わせてきた。

「あ、ああっ……」

愛おしそうに根元から強く吸われ、純也は身悶える。

「あと、一回出来るかしら」

と先端にちゅっとくちづけながら、珠美が聞く。

「あと一回って、もしかして……」

パイズリ、未亡人になってからはじめてのエッチ、そして、はじめてのアナルエッチときて、あと一回となれば、

「そうよ。３Ｐよ」

と珠美が言った。

「綾乃さんが、純也くんのおち×ぽで突かれたいらしいの」

「えっ……」

昨晩、旦那を入れての３Ｐをやったが、純也は綾乃の口にしか入れていない。恵里菜からはじまり、珠美まで五人の女性と接していたが、おま×こに入れているのは、舞花と珠美だけだ。

「昨日、本当は純也くんのおち×ぽ欲しかったらしいんだけど、ご主人がいるから、言えなかったらしいの。もともと、綾乃さんがご主人以外のおち×ぽを入れられるのはいやだって、３Ｐを拒んでいたから、３Ｐをやっている途中で、純也くんのおち×ぽも欲しくなったとは、言えなかったそうよ」

「そうなんですか」

３Ｐとはいっても、おま×こは旦那だけが入れていた。純也は物足りなかったが、どうやら、綾乃も心残りがあったようだ。

「今から呼んでもいいかしら」

「綾乃さんのご主人は？」

「今日から、九州に出張しているらしいの。出張前に3Pができて、すっきりした顔で出発したらしいわ」

電話するね、とそばに置いてあった携帯電話を手にすると、珠美が純也の目の前で綾乃に電話をする。

「アナルまでしちゃったわ。あとは3Pだから、今からいらっしゃい、綾乃さん」

電話を切ると、シャワーを浴びましょう、と珠美が立ち上がった。

浴室まで裸で向かい、お互いの身体を洗いあう。

純也は珠美のお尻の穴をていねいに洗い、珠美は純也のペニスをていねいに清めた。まるで恋人のような洗いっこをしているうちに、純也のペニスは元気を取りもどしていく。

浴室を出て、裸体をバスタオルで拭きあっていると、チャイムが鳴った。

「あら、はやいのね」

珠美は全裸のまま、尻たぼをうねらせ、リビングに向かう。そしてオートロックを解錠する。

「すぐ、綾乃さんが来るわ。裸でお迎えしましょう」

と珠美が言い、ふたりとも全裸のまま玄関に向かう。

「あら、すごく勃ってきているじゃないの。　綾乃さんとやれると思って、こんなにさせているのね」

珠美がなじるような目を向けて、反り返ったペニスを摑むと、乱暴にしごく。

「いや、また珠美さんと出来ると思って、大きくさせているんです」

うそ、と珠美がキスしてくる。ペニスは摑んだままだ。

玄関でチャイムが鳴った。珠美は純也と舌をからめつつ、ドアを開く。

コート姿の綾乃が、マンションの内廊下に立っていた。そのまま玄関に入ってきた綾乃は、裸でペニスをしごいている珠美を見て、まあっ、と声をあげる。そしてドアを閉めるのもそこそこに、その場でコートを脱いでいった。

今度は、あらっ、と珠美が声をあげた。純也も目を丸くさせる。

「裸で来たの。どうせ、すぐ脱ぐでしょう」

コートの下からいきなりあらわになった巨乳に、二人の目が吸い寄せられる。

「ああ、たくましいわ」

と中に入るなり、綾乃もペニスに手を伸ばしてきた。

「ああ、これよ……昨日、これを、おま×こに欲しかったの。何度か欲しい、と言いそうになったんだけど、純也さんのおち×ぽの方で感じすぎたら、主人に悪いものね。

だから言わなかったの」

そう言うと、その場にしゃがんだ。

「しゃぶっていいかしら」

見あげつつ、綾乃が聞いてくる。はい、とうなずくと、すぐさま鎌首を咥えてきた。

そのまま根元まで咥えこむと、強く吸ってくる。

それを見た珠美も綾乃の隣に膝をついた。それを見て、綾乃がいったん唇を離す。

綾乃の唾液まみれとなった鎌首を、珠美が咥え、じゅるっと吸う。少し口奉仕をしたところで珠美が引くと、すぐに綾乃がしゃぶりついた。はやくも連携が取れている。

珠美は垂れ袋に唇を寄せてきた。唇でぱふぱふと刺激を送りはじめる。

「あ、ああ……」

はやくも3Pの恩恵を受けて、純也は腰をくねらせる。昨晩の3Pはち×ぽが二本だったが、今夜の3Pはち×ぽ一本におま×こふたつだ。

純也が人妻と未亡人の口とおんなの穴を独占出来る。

「ああ、しゃぶっていると、もう、おま×こに欲しくなったわ。昨日からずっと純也さんのおち×ぽのことしか考えていなかったの」

ペニスから唇を引き上げ、綾乃がそう言う。昨晩の3Pがかなり良かったようだ。

「こちらに」

と立ち上がった珠美がペニスを摑み、引くように歩きはじめる。すると綾乃もペニスを摑んでくる。

「う、うう……」

純也はへっぴり腰になって、歩く。

珠美は仏間ではなく、リビングに案内した。広々としたリビングだ。

綾乃はフローリングの床にはやくも両手両膝をついた。そして、ぷりっと張ったヒップを差し上げてくる。

「入れて、純也さん」

「その前に、噴きたくないですか」

と純也が聞く。

「噴くって、なにを？」

珠美は不思議そうにしている。

「ああ、噴きたいわ。でも、噴けるかしら」

「一度噴くと、噴きやすくなるみたいですよ」

と言うと、純也は突き上げられた尻の狭間に二本の指を入れて、そのまま前へと伸ばしていった。そして、いきなり指を入れていく。

予想通り、綾乃の媚肉はぐしょぐしょだった。コートの下は裸でここまで来るまでに、濡らしていると思ったのだ。

「ああっ」

純也は最初から飛ばした。二本の指で美人妻の媚肉を掻き回す。

「あ、あああっ、あああっ、いい、いいっ」

綾乃のヒップが上下にうねる。

ただでさえやけどしそうに熱い媚肉が、さらに燃え上がった。くいくいと二本の指を締めてくる。ここだ、と思い、膣肉の天井にある、痼《しこ》りのような部分を二本の指の腹でこすっていった。

「んあああ、そ、そこいいっ！　あああっ、出る、出るっ……あ、ひいっ、出るっ」

掲げたヒップの狭間から、プシッと潮が噴き出した。

「すごいっ」

激しく出入りさせている二本の指だけでなく、手首まで潮まみれとなる。リビングに潮溜まりが出来た。

純也が指を抜いても、綾乃は尻を差し上げたまま、ハアハアと荒い息を吐いている。

「私も噴いてみたいわ……」

と珠美が言う。

「そこに仰向けになって、開いた足を自分で抱えてください」

と純也は指示する。我ながら、一人前になったものだ。

「あんっ、こうかしら」

言われるまま、床に仰向けになった珠美が開いた太腿を自らの手で抱えていく。

「もっと、足を開いてください」

「ああ、恥ずかしいわ……」

珠美が恥じらって大胆に開かないでいると、隣で綾乃も仰向けになった。そして自らの手で両太腿を抱え、開いていく。綾乃の恥毛は薄く、剝き出しの割れ目からはサーモンピンクの媚肉がのぞく。

それを見た純也が綾乃だけに、再び、二本の指を入れる。

「あうっ……」

綾乃がうっとりとした表情を浮かべ、

「掻き回して、ああ、綾乃のおま×こ、たくさん掻き回して、純也さん」

とおねだりする。純也は珠美を見やりつつ、綾乃の媚肉をくじり回しはじめる。す

るとすぐに、

「あ、ああああっ、いい、いいっ」

と綾乃が肉悦の声をあげた。昨晩の３Ｐですっかり覚醒してしまったようだ。

純也はすぐさま天井の痼りを、小刻みにこすりあげていく。

「あっ、ああーっ、ダメダメ、それ効くぅっ」

と綾乃が叫ぶ。すると、

「待ってっ」

と珠美が叫び、抱えた両太腿を大胆に開いていった。それを見て、純也は綾乃の穴から二本の指を抜く。そして未亡人の媚肉に、人妻の愛液まみれの指を挿し入れるのだ。

「あんっ、意地悪ね」

という綾乃の声と、

「いいっ」

という珠美の声が重なる。

たまらない。これぞ３Ｐだ。未亡人と人妻がお互いを意識して、より貪欲になっている。そしてふたりとも、唯一の男である純也を求めているのだ。

純也は珠美の媚肉を激しく掻き回す。もちろん珠美のおま×こもどろどろで、やけどしそうに熱い。ぴちゃぴちゃと淫らな音がリビングに響く。

「私もいじってつ、もっと潮噴きたいのっ」

と放って置かれている綾乃が剝き出しの割れ目をせり上げてくる。

純也は右手の二本の指で珠美の媚肉を蹂躙《じゅうりん》しながら、左手の二本の指を綾乃の中にずぶりと入れる。それだけで、

「いいっ」

と綾乃が叫ぶ。すると珠美のおま×こが強烈に締まった。それだけではなく、中がより熱くなってくる。なんか感じる。噴きそうな感じがしてくる。

「あ、ああっ、また、また噴きそうっ」

と綾乃の方が声をあげる。やはり、一度噴くと、くせになるようだ。綾乃のおま×こも一気に熱くなる。

純也は綾乃の天井のざらざらを強くこすった。すると、

「いくっ」

と綾乃が叫ぶと同時に、おんなの穴から潮が噴き出した。勢いよく噴き出した潮は純也の顔面を直撃した。

純也は綾乃の潮を浴びつつ、珠美の媚肉に探り当てた天井の痼りも、強くこすりあげていった。すると、

「あっ、ああーっ、変っ、変っ……なに、なにっ……」

珠美の声がにわかに変わり、ここだっ、と純也は激しくこすっていく。

「あひいいいいっ、出る、出ちゃううっ！」

と珠美が嬌声を放ち、おんなの穴からこちらも噴き出した。それを見て、一度収まっていた綾乃がさらに潮を噴き上げていった。

6

フローリングの床が潮だらけになり、純也の顔と両手首も潮まみれとなる。

ふたりの穴から指を抜く。綾乃は両足を抱えた姿勢を解くと、

「ごめんなさい。でも、よかった……」

と蕩けるように謝りつつ、純也の顔に掛かった潮をぺろぺろと舐めはじめる。

珠美はまだ、両太腿を抱えたままでいる。純也を見あげる潤《うる》んだ目は、もっと潮を噴きたいと言っていた。

純也は綾乃に顔を舐められながら、あらためて、ずぶりと珠美の中に二本の指を入れた。おんなの穴はそれだけできゅううっと締まり、しかも熱かった。すぐにも潮を噴きますという感じだ。

純也ははじめから、弱点のざらついた痼りを、激しくこすりあげていく。

「あ、ああー、それすごいっ、出る、また出ちゃううっ」

珠美はすぐさま、おんなの穴から潮を噴き上げた。

「素敵よ、純也くん」

顔を舐めていた綾乃がキスして、舌をからめてくる。純也は美人妻とベロチューしつつ、未亡人の潮を噴かせ続けた。

綾乃が純也から唇を離さないまま、押してきた。不意をつかれた純也は仰向けに倒れていく。珠美の穴から二本の指が抜ける。

綾乃が純也の腰を跨いできた。ずっとびんびんに怒張しっぱなしのペニスを逆手で摑むと、そのまま股間に咥えこむ。あっという間に、純也のペニスは綾乃の媚肉に包まれた。

「あうっ、うう……」

根元まで完全に呑み込むと、綾乃があごを反らす。そして、腰をうねらせはじめた。

それを見た珠美が起き上がると、純也の顔を跨いでくる。指の形に開いたままの割れ目から潮を垂らしつつ、しゃがみこんできた。

あっという間に顔面が珠美の恥部に包まれた。

「純也くんっ、舐めて……おま×こ舐めて」

ぐりぐりとこすりつけつつ、珠美が言う。

「う、うう……うう……」

純也はうめきつつ、珠美の花びらを舐めていく。

綾乃が股間を上下に動かしはじめた。

「う、ううっ、ううっ」

上の口を珠美のおま×こで塞がれ、下のペニスを綾乃のおま×こで塞がれている。

頭がくらくらしてくる。珠美相手に三発も出していなかったら、この刺激にはやくも暴発しそうだっただろう。さすがに四発目はそうそう出さない。

「ああ、おち×ぽいいわっ……ああ、たまらないわっ」

綾乃はおま×こで純也のペニスを貪り食ってくる。

「私も欲しいわ」

ぐりぐりと股間を顔面に押しつけつつ、珠美がそう言う。

いく。

「じゃあ、並んで、交互に突いてもらうのはどうですか」

と綾乃が珠美に聞く。それはいいですね、と珠美が立ち上がる。綾乃も腰を上げて

そして、フローリングの床に、未亡人と美人妻が並んで四つん這いになった。

純也に向かって、ぷりっと張ったヒップとむちっと熟れきった双臀が、入れて、と差し上げられてくる。

ち×ぽ一本に穴がふたつ。最近まで童貞だった純也には、まさに夢のような状況だった。入れる穴がひとつあるだけでも幸せなのに、ふたつもあるのだ。しかもどちらも極上の締め付けだ。

いや違う。穴は三つだ。珠美は下の穴だけでなく、上にひっそりと息づく穴にも入れることが可能なのだ。

「穴が、三つ」

と思わずつぶやいてしまう。

「そうよ。穴は三つよ。どの穴にするかしら」

と差し上げた双臀をうねらせつつ、珠美が聞く。そして両腕を背後にまわすと、尻たぼをぐっと割って見せた。

「ああ、珠美さん……」

三つ目の穴が誘っている。

綾乃も珠美を真似て、両手で尻たぼを開いていく。こちらも、尻の穴が見えた。四つ目の穴だったが、ここはだめだ。

「ごめんなさい。入れる穴がひとつしかなくて……」

と綾乃が謝る。

「どの穴から入れるのかしら」

「まずは、あの……綾乃さんから……」

綾乃の尻たぼを摑むと、バックからペニスを入れていく。蟻の門渡りを通り、割れ目に到達すると、すぐさま、ずぶりと突き刺した。

「いいっ」

といきなり歓喜の声をあげる。純也は尻たぼに指を食い込ませ、最初から力強く突いていく。

「いい、いいっ、おち×ぽいいのっ」

と叫ぶ綾乃の隣で、珠美が入れてくださいと差し上げた双臀をうねらせている。尻たぼは広げたままだ。尻の穴も欲しがっている。

なんという贅沢な眺めだ。美人妻のおま×こを突きながら、入れて欲しがっている珠美の尻の穴を眺めているのだ。

「あんっ、ください、純也くん」

じれた珠美がねだってくる。

純也は綾乃のおま×こからペニスを引き抜くと、愛液でねとねとのペニスを珠美の尻に向けていく。最初に綾乃のおま×こに入れたのは、愛液を塗すためだった。

尻の穴に鎌首を当てると、ぐぐっと突いていく。

「あうっ、うう……」

珠美がうめく。未亡人のアヌスが押し返そうとするが、一度貫通している穴だ。ゆっくりと力を込めながら押し入れると、ずぶりと鎌首がめりこんだ。

「あうっ、おおうっ……」

珠美がうめく。

「お尻に入ったのね？」

四つん這いのまま綾乃が聞く。入っています、と純也が答えると、綾乃が四つん這いの姿勢を解き、珠美の尻の狭間をのぞきこんでくる。

「あっ、すごっ、こんな大きなおち×ぽを、珠美さんのお尻の穴が呑み込んでる」

「う、うう……恥ずかしいわ……まさか綾乃さんに、お尻で繋がっているところを見られてしまうなんて……」

「ああ、気持ちいいのかしら。痛くないの？」

「うう……最初は痛いけど、入っているうちに、突然、良くなるの」

「すごい、欲張りなお尻ね」

純也はさらに鎌首を埋め込むと、引き抜いていった。そして、すぐさま、珠美の前の穴をずぶりと貫いていく。

「いいっ！　……いくいくっ」

と珠美がいきなりいまわの声をあげた。

ずぶずぶと突いていると、突くたびに、いくっ、と珠美が叫ぶ。

「ああ、すごいわ……ああ、珠美さん……エッチすぎる」

「ああ、お尻に入れてっ」

と珠美が言い、純也は前の穴から抜くと、今度は珠美の愛液まみれとなったペニスを、尻の穴にめりこませていく。すると、

「いくいくっ」

といきなり珠美が叫んだ。

「ああ、私も純也さんにお尻の穴をあげたいな」

と綾乃がうらやましそうに珠美を見つめている。

珠美の尻の穴がきゅうきゅうと締め付けてきて、アナルの中出しを求めている。

綾乃に見られながら尻に出されたがっていた。

「ああっ、珠美さんっ、出したいですっ、尻の穴に、尻の奥に出していいですかっ」

丸い尻肉に容赦なく腰を打ちつけながら、純也は呻いていた。

「いいわ、純也くん来てっ。ああうっ、恥ずかしい穴に出されるのを見られるだなんて、はじめてよっ」

「あっ、あああっ、珠美さん！」

珠美が火の息で嬌声をあげるのを聞きながら、純也は盛大に白濁をぶちまけた。

「あああ、熱いわ、ああおおおっ、すごいっ、いくうっ、いくいくっ」

アナルで握り込むように肉棒を食い締め、未亡人は四つん這いの尻をがくがくと震わせる。

純也の射精と同じリズムで潮を吹き、珠美はいき続けるのだった。

（了）

※本作品はフィクションです。作品内に登場する
団体、人物、地域等は実在のものとは関係ありません。

人妻《ひとづま》はじめて体験《たいけん》
〈書き下ろし長編官能小説〉

2023年1月17日初版第一刷発行

著者……………………………………………八神淳一

デザイン………………………………………小林厚二

発行人…………………………………………後藤明信
発行所……………………………………株式会社竹書房
〒102-0075 東京都千代田区三番町8-1
三番町東急ビル6F
email：info@takeshobo.co.jp
竹書房ホームページ http://www.takeshobo.co.jp
印刷所……………………………中央精版印刷株式会社

■定価はカバーに表示してあります。
■落丁・乱丁があった場合は、furyo@takeshobo.co.jp までメールにて
お問い合わせください。